LES PETITS VÉTÉRINAIRES

SANS ABRI

L'auteur

Laurie Halse Anderson est un auteur américain qui a publié plus d'une trentaine de romans pour la jeunesse et remporté de nombreux prix, dont le *Edwards Award* et le *National Book Award*.

Vous avez aimé les livres de la série

LES PETITS VÉTÉRINAIRES

Écrivez-nous
pour nous faire partager votre enthousiasme :
Pocket Jeunesse, 12 avenue d'Italie, 75013 Paris

Laurie Halse Anderson

LES PETITS VÉTÉRINAIRES

SANS ABRI

Traduit de l'anglais (États-Unis) par Joy Boswell

POCKET JEUNESSE
PKJ·

À Sarah et Liz Morrisson.
Puissiez-vous toujours avoir le cœur sauvage.

Titre original :
Vet Volunteers
2. Homeless

Publié pour la première fois aux États-Unis en 2000
par Pleasant Company Publications, puis en 2007
par Penguin Young Readers Group.

Contribution : Malina Stachurska

Loi n° 49-956 du 16 juillet 1949 sur les publications
destinées à la jeunesse : janvier 2011.

ISBN 978-2-266-19788-5

Dépôt légal : janvier 2011

Salut!

Est-ce que tu aimes les chats?

Moi, je les adore! Ils ont toujours fait partie de ma vie: de Grisou, le chat errant qui s'est introduit dans ma maison quand j'avais trois ans, à Mitaine, qui vit aujourd'hui avec moi.

Clara aussi est une amoureuse des chats. Malheureusement, sa mère refuse qu'elle en ait un. Alors, pour se consoler, Clara passe son temps avec Socrate, le chat de la clinique du docteur Macore. Il est très indépendant et un peu snob; pourtant il lui rend bien son affection. Un jour, il la conduit dans un lieu secret, où les chats sont rois...

J'ai fait beaucoup de recherches pour écrire ce livre; certaines découvertes m'ont réchauffé le cœur, d'autres me l'ont brisé. Les chats qu'on appelle «sauvages» me font de la peine, car personne ne les aime. J'ai eu la chance de rencontrer plusieurs bénévoles fantastiques qui se battent pour rendre la vie de ces animaux plus facile et plus heureuse. Ce sont eux qui m'ont inspiré cette histoire. J'espère qu'elle te plaira.

Alors, trouve vite un coin tranquille pour lire et laisse-toi emporter par les aventures de Clara au royaume des chats errants.

Laurie Halse Anderson

. . . .

Chapitre un

— **C**lara, tu devrais prendre un chat ! répète pour la énième fois Zoé.

Elle est assise à côté de moi dans le car scolaire. Nous sommes en route pour la clinique du docteur Hélène Macore – que tout le monde appelle Doc' Mac –, où nous travaillons comme bénévoles. Le week-end commence bien !

— Je t'ai déjà dit que c'est impossible. Ma mère ne veut pas, un point c'est tout !

— Il faut te battre ! Je ne connais personne qui aime les chats autant que toi.

Zoé a raison. Je les adore tous : les chats au poil long et ceux au poil court, les tigrés, les siamois, et même les chats errants. Leur démarche gracieuse, leur regard mystérieux, leurs moustaches frémissantes me fascinent. Je peux les regarder pendant des heures.

Malheureusement, ma mère ne partage pas ma passion. Elle dit que les chats perdent leurs poils partout, et qu'ils abîment les canapés avec leurs griffes. En réalité, je crois qu'ils lui font un peu peur… Ça a pourtant le même effet: pas de chat chez les Patel.

— Tu dois insister, poursuit Zoé. Les parents attendent que tu leur demandes une chose un million de fois avant de dire oui. C'est comme ça qu'ils s'assurent que tu la désires vraiment.

La mère de Zoé est actrice. Ça ne la dérange peut-être pas que sa fille fasse la comédie pour obtenir ce qu'elle veut. Chez nous, ça ne se passe pas comme ça.

— Tu oublies que ma mère est médecin. Tout ce qui compte pour elle, ce sont les faits.

C'est alors que Sophie, la cousine de Zoé, se penche vers nous.

— C'est vrai, tu as un don avec les chats, déclare-t-elle. Tu mérites d'en avoir un.

Soudain, David se retourne, l'œil brillant. Il est assis à côté d'Isabelle, sur le siège d'en face.

— J'ai une idée! s'exclame-t-il. Tu n'as qu'à dire

à ta mère que ton chat tuera toutes les souris de la cave !

— Berk ! grimace Zoé. C'est dégoûtant.

Isabelle donne un petit coup sur le bras de David.

— Clara n'a pas de souris chez elle, imbécile ! J'ai une meilleure solution : note toutes les raisons pour lesquelles tu veux un chat sur un bout de papier, et donne-le à ta mère. Tu dois en écrire plein pour que ça marche !

Je soupire :

— Ce n'est pas gagné... Ma mère ne tolérerait qu'un chat sans poils, sans griffes, sans litière à changer, et sans nourriture à acheter. Autrement dit, un chat empaillé !

— Pourtant elle a accepté que tu viennes tous les jours à la clinique, remarque Sophie. Tu étais très surprise qu'elle soit d'accord, tu te souviens ? Peut-être qu'elle est moins sévère que tu le crois.

C'est vrai que je ne m'y attendais pas, mais un chat à la maison, c'est une autre histoire.

Au début, je pensais que travailler à la clinique me suffirait : je suis entourée de chats là-bas. Seulement, plus j'en vois, plus j'ai envie d'en avoir un à moi...

Oui, je dois à tout prix convaincre ma mère.

Tandis que le bus s'approche de notre arrêt, je prends une grande décision :

— Vous avez raison ! Je repartirai à l'assaut. Il faut juste que je trouve le bon moment, et les bons arguments… En attendant, je vais profiter des chats de Doc' Mac.

Le docteur Hélène Macore est la grand-mère de Sophie et Zoé. Elle est vétérinaire. C'est elle qui nous a proposé de travailler, à Isabelle, David et moi, en tant que bénévoles dans sa clinique. Depuis un mois, nous l'aidons à soigner toutes sortes d'animaux : des canaris, des chiots, des lapins, des cochons d'Inde… C'est passionnant ! On apprend plein de choses sur eux et sur le fonctionnement de la clinique. Comme je rêve de devenir vétérinaire, je fais tout ce qu'on me demande, même si certaines tâches ne sont pas très drôles, par exemple nettoyer les cages et laver le sol. Mais elles sont nécessaires, alors je les fais quand même.

Ce que je préfère, c'est assister aux consultations, surtout s'il s'agit d'un chat. Dès que j'ai un peu de temps, je me plonge aussi dans le livre sur l'anatomie des chats, un cadeau de Doc' Mac, et je surfe sur Internet pour en apprendre davantage.

C'est peut-être pour ça que Socrate m'aime autant. Socrate est le chat de Doc' Mac. Il a un

pelage roux et de fines rayures sur la queue : je
parie qu'il avait un grand-père tigré. Il est très
musclé, et un peu «snob», d'après Sophie. Il adore
qu'on l'admire, mais ne laisse jamais personne le
caresser ou l'approcher. Personne sauf moi !

Sophie et sa grand-mère étaient très étonnées
de le voir sauter sur mes genoux le mois dernier. Il n'avait jamais fait ça avant. C'est comme
s'il m'avait choisie pour être sa favorite. Dès que
j'arrive à la clinique, il vient se frotter contre mes
jambes ; quand je m'assieds, il vient s'installer à
côté de moi. Sophie prétend qu'il aime l'odeur de
mon shampoing (c'est vrai qu'il adore jouer avec
mes cheveux, longs et noirs). Doc' Mac, elle, dit
qu'il m'apprécie parce que je suis calme et douce.

Moi, j'ai ma petite idée : je pense que Socrate
sait que je rêve d'avoir un chat. Il sait que j'ai un
faible pour lui. C'est lui qui m'a adoptée et, à mon
tour, je l'ai adopté dans mon cœur. C'est un peu
mon animal de compagnie, même si je ne peux pas
le ramener chez moi...

Encore quelques mètres, et nous arrivons chez les
Macore. À droite, il y a la grande maison en brique
à deux étages, avec des volets verts ; à gauche, la
clinique, avec une porte séparée et deux fenêtres
qui donnent sur la rue. La propriété est entourée

d'un beau jardin, où poussent toutes sortes de fleurs, «parce que les animaux apprécient la nature autant que nous», dit Doc'Mac.

Dès qu'il m'aperçoit, Socrate sort la tête des jonquilles et vient à ma rencontre:

— Salut, toi, fais-je en le grattant sous le menton.

Socrate met en marche son moteur à ronronnements et frotte le coin de la bouche contre mon genou. Les chats ont des glandes qui sécrètent une substance spéciale au niveau de la tête; en se frottant ainsi, ils marquent leur territoire. Ça veut dire que je fais définitivement partie du monde de Socrate.

Je lui caresse le dos.

— Comme il est chaud! Je parie qu'il a passé la journée au soleil.

— Les chats ont la belle vie, soupire David. Ils ne font que manger et dormir. Pour eux, c'est tous les jours les vacances...

— Oh, regardez! s'exclame Zoé en pointant du doigt le fond du jardin. Il y a un autre chat, là-bas, vous croyez que Socrate a une petite amie?

Le visiteur avance gracieusement vers nous en remuant la queue. Enfin, je devrais plutôt dire «la visiteuse», car c'est une femelle, et elle va avoir des petits. Son ventre touche presque le sol! Elle est toute noire, avec des pattes blanches et une tache de la même couleur sur le cou.

Socrate suit notre regard, et aussitôt il se met à cracher. Je sens son poil se hérisser sous mes doigts : il ne veut pas d'elle ici !

— Calme-toi, Socrate. Elle ne va pas te faire de mal.

Socrate n'a pas du tout envie d'être gentil. Il se précipite vers l'intruse, les oreilles aplaties. Sa queue bouge rapidement d'avant en arrière pour la mettre en garde.

Hissssssssss !

Ça y est, c'est la guerre !

Chapitre deux

· · · · · · · · · · · · · ·

Je regarde la scène, étonnée :

— Pourquoi il réagit comme ça ? Il a l'habitude de voir d'autres chats.

— À la clinique, oui, me répond Sophie. Mais le jardin, c'est SON territoire. Ne t'en fais pas, la chatte finira par s'en aller. Je me demande juste à qui elle appartient... C'est la première fois que je l'aperçois ici.

— Peut-être qu'elle cherche un endroit pour accoucher. On ferait mieux d'emmener Socrate à l'intérieur.

C'est évident : la chatte n'a pas l'intention de partir. Elle continue d'avancer vers Socrate, le poil hérissé et le dos rond : les félins font souvent ça pour avoir l'air plus imposant et effrayer leurs adversaires.

Socrate n'a pas peur. Au contraire, il décide d'adopter la même technique d'intimidation : lui, qui est déjà assez gros, devient énorme ! Pour encore plus d'effet, il montre ses dents pointues et laisse échapper un long sifflement.

Sophie fronce les sourcils :

— Ce n'est pas bon signe...

— Sans blague ! ironise Isabelle.

— Peut-être que...

Avant que je puisse finir ma phrase, les deux chats se sautent dessus. Socrate donne de violents coups de patte et poursuit la chatte dans les buissons. Les feuilles s'agitent dans tous les sens. On entend grogner, cracher, gémir.

Je suis affolée :

— Il faut faire quelque chose !

— Comme quoi ? demande David.

— Je vais chercher le tuyau d'arrosage ! lance Sophie en courant vers l'abri de jardin. Il n'y a que l'eau qui pourra les séparer.

À cet instant, la chatte jaillit des buissons, Socrate sur ses talons. Elle s'arrête au coin de la maison, se retourne et sort les griffes. Oh non ! Voilà qu'ils remettent ça ! Ça va mal finir...

— Dépêche-toi, Sophie ! crie Zoé.

Je fais quelques pas vers les deux chats.

— Non, Clara ! s'exclame Isabelle en me retenant par la manche. Ne les touche pas, ils pourraient te faire mal ! Ce n'est plus le Socrate que tu connais. Il est furieux, et il n'hésitera pas à te mordre si tu t'en mêles.

Elle a raison, je n'avais jamais vu Socrate dans cet état.

Tout à coup, les deux ennemis se séparent et se défient un moment du regard. Je m'aperçois que Socrate est blessé : il a une longue griffure sur le dos, et sa joue égratignée commence à saigner. La chatte aussi fait peine à voir : il l'a mordue à l'épaule, et elle ne peut plus poser la patte par terre.

Le combat est sur le point de reprendre quand soudain...

— Reculez tous !

Sophie tend le tuyau d'arrosage et les asperge d'eau froide. L'effet est immédiat ! Les deux chats se sauvent dans la rue à toute vitesse, terrorisés.

Je me précipite derrière eux :

— Il faut les suivre ! Ils sont blessés.

— Je viens avec toi, s'écrie Sophie en laissant tomber le tuyau par terre.

— Moi aussi ! déclarent Isabelle et David à l'unisson.

— Je préviens ma grand-mère, fait Zoé. Dépê-chez-vous!

Nous courons tous les quatre jusqu'au bout de l'avenue, Sophie en tête.

— Ils sont là! halète-t-elle. Suivez-moi...

Elle nous entraîne jusqu'à la station-service, à l'intersection de la rue de Venise et du boulevard Beckett. Deux conducteurs font le plein, mais il n'y a aucune trace des deux chats.

— Tu es sûre de les avoir vus? demande Isabelle en regardant autour d'elle, perplexe.

— Évidemment! réplique Sophie.

— Peut-être qu'ils ont traversé la rue, dit David.

— Vous cherchez quelque chose, les enfants? demande l'employé de la station-service.

— Oui, deux chats, répond Isabelle, un noir et un roux. Vous ne les auriez pas aperçus, par hasard?

— Si, il y a à peine une minute. Ils passaient de l'autre côté en courant.

— Allons-y!

En face de la station, il y a une vieille fabrique de boutons, abandonnée depuis longtemps.

— Socrate n'a pas pu entrer, les portes sont fermées, dit Sophie en inspectant la façade du bâtiment. Il a dû faire demi-tour et rentrer à la maison par les jardins.

Je secoue la tête :

— Non... Il est là.

— Comment peux-tu en être sûre ? s'étonne David.

— Je ne sais pas... J'ai un pressentiment. Allons voir derrière.

Sans attendre la réaction des autres, je contourne la fabrique et découvre une grande cour, complètement envahie par la végétation. L'endroit idéal pour un chat qui veut se cacher !

— Venez voir !

Ils me rejoignent au pas de course.

— C'est la jungle, ici ! souffle Isabelle. Comment on va faire pour passer ?

— Ça ne va pas être facile, commente Sophie. En plus, on n'est même pas sûrs que Socrate est là !

— Si, j'en suis certaine ! On peut au moins essayer...

Je commence à marcher avec précaution à travers les mauvaises herbes, imitée par mes copains.

— Socrate ! Minou, minou, viens ici...

On a du mal à avancer. À chaque pas, nos vêtements s'accrochent aux ronces et menacent de se déchirer. J'espère qu'il n'y a pas d'orties...

— On ne le retrouvera jamais dans ce laby-
rinthe, grommelle Isabelle. N'oubliez pas que vous
venez manger chez moi ce soir. Mes parents seront
furieux si on est en retard.

— Moi, j'adore cet endroit, déclare David. Ça
me donne envie de pousser mon cri de Tarzan !

— Non ! protestons-nous d'une seule voix.

— Oh, ça va… Vous n'êtes vraiment pas drôles,
les filles ! Attendez… Vous avez vu ça ?

Une longue queue noire vient de se faufiler
devant nous.

— C'est la chatte ! Socrate ne doit pas être loin.

On s'élance tous derrière elle, les mains en avant
pour se protéger le visage, mais elle n'a pas de mal
à nous semer, et on se retrouve de nouveau au point
de départ. Enfin, presque…

— Regardez !

Un gros wagon rouge apparaît alors. Il devait
servir à transporter la marchandise de la fabrique
par la voie ferrée. Sa peinture est toute craquelée,
et ses roues sont hors d'usage.

— Peut-être que les chats se sont réfugiés à l'intérieur.

Les uns derrière les autres, nous commençons à
faire le tour du wagon quand soudain… Nous nous
arrêtons net.

— Ça alors ! s'exclame Isabelle.

— Génial..., renchérit Sophie.

Sous nos yeux s'étend un terrain vague, où grouillent des dizaines de chats !

— Je n'arrive pas à y croire, murmure David.

Moi non plus !

Il y a des chats partout. Des grands, des petits, des noirs, des marron, des tigrés... Certains se pourchassent, d'autres se font les griffes sur un tronc d'arbre ou se prélassent au soleil. La plupart sont maigres, blessés, et tous mériteraient un bon bain.

— C'est quoi, cet endroit ? lâche Isabelle.

— Le Domaine des Chats ! s'exclame David, en pointant le wagon du doigt.

Il a raison. Quelqu'un a écrit sur une porte «DOMAINE DES CHATS» en grosses lettres.

J'avance avec précaution vers les chats pour ne pas les effrayer... Ils n'ont pas l'air affolés par ma présence et continuent tranquillement leurs activités. Deux viennent même se frotter contre mes jambes en miaulant.

— Je suis sûre qu'ils ont faim, dit Sophie.

— Dommage qu'on n'ait rien à leur donner ! Ils sont si mignons... Où sont leurs propriétaires ?

— À mon avis, ils n'en ont pas ! me répond Isabelle.

C'est triste ! Tous les chats devraient avoir une

maison, avec de la nourriture, de l'eau et des maîtres affectueux pour s'occuper d'eux. J'aimerais
pouvoir les ramener chez moi…

— On doit prévenir Doc' Mac!

Tout à coup, un puissant coup de sifflet nous fait
sursauter, et les chats se sauvent dans les fourrés.
C'est le train qui va à la ville voisine. Il fait tellement de bruit en passant à côté de nous qu'on n'entend plus ce que nous dit Isabelle. On la voit juste
articuler et gesticuler au milieu de la poussière.

— Qu'est-ce que tu dis? crie Sophie.

Le train s'éloigne enfin, et le lieu retrouve son
calme.

— Quelqu'un arrive! répète Isabelle.

C'est un garçon, un peu plus jeune que nous.
Il porte un sac à dos vert et traverse la voie ferrée
aussi discrètement que possible. Derrière lui, une
petite fille tente de le suivre sans renverser l'eau du
grand bol qu'elle a dans les mains.

Le garçon pénètre sur le terrain vague, regarde
autour de lui, puis fait signe à la fillette de le
rejoindre. Peu à peu, les chats réapparaissent et
s'avancent vers les nouveaux venus en miaulant.
Ils doivent les connaître.

— Bonjour! dis-je en m'approchant d'eux. Vos
amis sont plutôt contents de vous voir, on dirait!

La petite fille me regarde, les yeux écarquillés. Le garçon fronce les sourcils.

— Qui es-tu? demande-t-il avec méfiance. Qu'est-ce que tu fais là?

Chapitre trois

· · · · · · · · · · · · · · ·

— On est à la recherche de notre chat, Socrate. Il est roux et assez gros. La dernière fois qu'on l'a vu, il poursuivait une chatte noire. Nous devons à tout prix le retrouver, il est blessé.

Je sens ma gorge se serrer : et s'il était perdu pour de bon ?

— Il appartient à la clinique vétérinaire du docteur Macore, enchaîne David. On travaille tous là-bas.

— Alors, vous n'êtes pas là pour prendre les chats ? s'assure le garçon d'une voix plus douce.

— Non, répond Isabelle. Nous voulons seulement ramener Socrate à la maison.

Le garçon se dirige vers le wagon tout en gardant un œil sur nous. Il ouvre la porte et sort deux grands récipients, qu'il remplit de nourriture. En entendant le bruit des croquettes, les chats se précipitent vers lui. La petite fille pose son bol d'eau à côté des gamelles et caresse les animaux.

— Ils ont l'air de bien vous connaître, lui dis-je.

Le garçon hoche la tête, mais il a toujours l'air méfiant.

— Je m'appelle Clara. Si vous aimez les chats, vous pouvez comprendre qu'on soit inquiets pour le nôtre. Il doit être soigné d'urgence. Vous voulez bien nous aider à lui mettre la main dessus ?

Il hésite un instant, puis me regarde droit dans les yeux.

— Bon, d'accord… Mais s'il est là-dedans, prévient-il en désignant les hautes herbes, vous ne le trouverez jamais. Au fait, je m'appelle Sébastien Ritz. Alors, comme ça, vous savez soigner les chats ?

— Un peu, pourquoi ? Il y en a de blessés ?

Sébastien fixe la petite fille, comme pour avoir son avis. Elle nous observe un par un, puis acquiesce avec un sourire.

— Venez, fait-il. Je vais vous montrer quelque chose.

Sébastien nous conduit à l'autre bout du terrain vague. Dans un coin isolé, un chat est allongé sur une couverture. Il semble très mal en point: sa patte arrière est gonflée, et son poil couvert de sang.

— Je l'ai vu se faire percuter par une voiture, hier. Depuis, il ne veut plus manger ni boire.

Le garçon secoue la tête d'un air désespéré, comme s'il revoyait l'accident.

— Attention, ne t'approche pas trop de lui! s'écrie-t-il en me voyant tendre la main vers le chat. Il est sauvage. Il pourrait te mordre ou te griffer.

— Il faut l'emmener à la clinique.

— Je vais appeler ma grand-mère, décide Sophie. On ne peut pas le transporter nous-mêmes dans cet état.

— Tu peux utiliser notre téléphone, propose Sébastien. Cathy va te conduire chez nous.

La petite fille prend Sophie par la main et l'entraîne vers une des maisons qui longent la voie ferrée.

— Je ne comprends pas, s'étonne David. Tous ces chats sont à vous?

— Pas vraiment, répond Sébastien, mais on s'occupe d'eux.

— Vous les nourrissez tous les jours?

— Oui, on leur achète des croquettes avec notre argent de poche. Nos parents ne veulent pas qu'on les ramène à la maison. Alors, on vient jouer avec eux ici... Enfin, avec ceux qui sont apprivoisés, sinon, c'est trop dangereux.

— Bon, c'est bien joli, de papoter, mais on doit se remettre à chercher Socrate, déclare Isabelle. David et moi, on va aller sonner aux portes. Peut-être que quelqu'un l'a vu. On se retrouve ici dans un quart d'heure, Clara ?

— Bonne idée !

Tandis qu'ils s'éloignent, Sébastien me demande de lui décrire la chatte qui attend des petits.

— Je la connais, déclare-t-il quand j'ai fini. Elle passe son temps ici. On l'a appelée Mitaine.

J'aimerais lui poser quelques questions sur Mitaine, mais Sophie et Cathy sont déjà de retour, et elles ne sont pas seules... Une femme au visage sévère les accompagne. Dès que les chats l'aperçoivent, ils s'enfuient en courant.

— Sébastien, je t'ai dit mille fois de ne pas t'approcher de ces animaux ! crie la femme. Et c'est valable pour ta sœur aussi ! Vous risquez de vous faire attaquer.

Elle jette un regard horrifié sur le chat blessé, comme s'il s'agissait d'une bête dangereuse. Je ne pense pas qu'elle soit vraiment en colère, je crois qu'elle a surtout peur. Comme ma mère !

— Est-ce que ta grand-mère va venir, Sophie ?

— Elle arrive !

Sophie écarquille les yeux, comme pour me mettre en garde, et ajoute :

— Je te présente Mme Ritz, la mère de Sébastien et Cathy. Madame Ritz, voici mon amie Clara.

— Ravie de vous rencontrer, madame Ritz, dis-je poliment. Vous avez des enfants formidables, ils font tout pour sauver la vie de ces chats.

Je m'attends à ce qu'elle sourie, comme le font toutes les mères quand on complimente leur enfant. Mais elle reste de marbre.

— Sébastien, rentre à la maison avec Cathy, ordonne-t-elle d'un ton ferme. On en parlera plus tard.

Le frère et la sœur quittent le terrain vague, la tête baissée.

Quelle femme étrange ! Je n'arrive pas à la comprendre...

— Ils voulaient l'aider, c'est tout, dis-je en lui montrant le chat haletant sur la couverture. Il a été renversé par une voiture, il lui faut un vétérinaire.

Mme Ritz pousse un long soupir et attend que ses enfants s'éloignent pour me répondre.

— Je suis présidente de l'association des habitants du quartier. Je n'arrête pas de recevoir des plaintes à propos de ces chats. Ils font leurs besoins dans les jardins, fouillent les poubelles... Le vieil homme qui avait l'habitude de les nourrir a déménagé, et les chats sont restés.

Elle doit voir que je ne suis pas convaincue par son petit discours, car elle poursuit :

— Moi aussi, je les trouvais mignons au début. Mais plus ils sont nombreux, plus ils causent d'ennuis. Il y en a au moins une cinquantaine maintenant !

— Vous avez appelé les refuges pour animaux ? demande Sophie.

— J'ai appelé tout le monde ! Le maire, la police, le conseil régional même, mais ils ont, semble-t-il, mieux à faire que de s'occuper de nos problèmes.

— On pourrait vous aider à trouver une maison à ces chats.

Mme Ritz secoue la tête, l'air compatissant.

— Vous êtes gentilles, mais personne ne voudra d'eux. Ce ne sont pas des animaux de compagnie : ils mordent, ils griffent, ils ont des puces et peuvent transmettre des maladies ! C'est pour ça que je veux qu'on nous débarrasse d'eux.

Pendant un instant, son visage se radoucit.

— Je sais que mes enfants les aiment beaucoup. Seulement, c'est trop dangereux. On ne peut même pas avoir un chat à nous ; il risquerait d'être contaminé par les autres.

— En attendant, celui-là a besoin d'aide, dis-je en m'agenouillant près du chat blessé.

Il respire de plus en plus vite. Pourvu que Doc'Mac arrive à temps!

— Ne vous embêtez pas avec ça, répond Mme Ritz. Le problème sera bientôt réglé. Mes coups de téléphone ont enfin servi à quelque chose.

— Que va-t-on faire d'eux?

À cet instant, Sébastien sort de chez lui.

— Maman, téléphone! crie-t-il.

— Il faut que j'y aille…, fait Mme Ritz. Je suis désolée pour votre chat. Tâchez de le retrouver vite: les agents de la fourrière seront là demain matin à la première heure. Ils vont emmener tous les chats!

Chapitre quatre

· · · · · · · · · · · · · ·

— Où est notre patient? lance de loin Doc'Mac. Elle court vers nous, la valise de premiers secours dans une main, et une cage vide dans l'autre.

— Ici! répond Sophie.

— Doc'Mac, je suis très contente que vous soyez là! dis-je d'une traite. Socrate a disparu, et en le cherchant nous avons découvert tous ces chats. Des enfants qui habitent à côté les nourrissent chaque jour, mais leur mère a prévenu la fourrière, et demain matin...

— Doucement, Clara! On va déjà s'occuper de celui-là, et tu m'expliqueras le reste à la clinique.

Elle a raison, chaque chose en son temps...

Je ne sais pas trop quel âge a notre vétérinaire. Ce ne serait pas poli de lui poser la question... Entre cinquante-cinq et soixante ans? Sans ses cheveux blancs on ne devinerait jamais que c'est une grand-mère : elle court le marathon chaque année, porte des jeans délavés et des tee-shirts de chez Gap. Non seulement elle dirige sa clinique, mais elle écrit aussi des articles sur les animaux et donne des conférences partout dans le monde. C'est un peu une super-mamie ! Elle est très intelligente, et surtout très douée avec les animaux et les enfants. Elle est la meilleure personne à contacter en cas d'urgence.

Doc'Mac s'agenouille à un mètre du chat blessé.

— Un garçon l'a vu se faire renverser par une voiture hier, lui dis-je. Depuis, il refuse de manger et de boire.

— Ce n'est pas bon signe...

Elle examine avec soin le chat des pattes à la tête, sans le toucher. Je me demande pourquoi...

— Vous voulez que je le tienne?

C'est ma tâche préférée à la clinique : tenir les chats pendant la consultation.

— Désolée, Clara, répond Doc'Mac, tu ne pourras pas m'aider cette fois-ci. D'ailleurs, je veux que vous reculiez toutes les deux.

— Pourquoi ? Ce n'est qu'un chat des rues ! proteste Sophie.

— Ne crois pas ça, Sophie ! Il y a différentes sortes de chats des rues : les chats perdus ou abandonnés par leurs maîtres, qui ont l'habitude d'être en présence des humains, et ceux qui ont toujours été seuls. C'est le cas de celui-ci. Ils sont nés dans la nature et ne connaissent rien d'autre que la vie sauvage. Certaines personnes les appellent d'ailleurs les chats sauvages, alors que cette expression désigne les panthères ou les pumas. Le bon terme, c'est « chats errants ». Ils détestent qu'on les caresse, et considèrent les hommes comme des prédateurs.

J'échange un regard étonné avec Sophie. Je savais que tous les chats n'étaient pas domestiqués, mais de là à nous attaquer... C'est difficile à imaginer !

La grand-mère de Sophie ouvre sa valise et saisit deux gros gants, comme ceux qu'on utilise pour sortir un plat du four.

— Ce p'tit gars peut transmettre des maladies, continue-t-elle en les enfilant. Et je vous parie qu'il va essayer de me mordre ou de me griffer ! Je dois me protéger les mains pour le mettre dans la cage.

En effet, à peine elle soulève le chat qu'il plante ses dents dans l'un des gants.

— Je vous l'avais bien dit! Il faut le ramener à la clinique tout de suite. Je lui donnerai un sédatif, et après nous pourrons l'examiner en toute sécurité.

Elle pose délicatement le chat dans la cage, qu'elle recouvre d'une couverture.

— Pourquoi le gardez-vous dans le noir?

— Pour qu'il se sente rassuré, m'explique Doc'Mac. Et Socrate? Vous ne l'avez toujours pas retrouvé?

Je secoue la tête en retenant mes larmes.

— Non. En plus, il est blessé! Il a une grosse griffure sur le dos.

— Zoé m'a tout raconté. Ce n'est pas la première fois qu'il poursuit un autre chat, mais jusque-là il est toujours rentré à la maison.

Elle pousse un long soupir. Elle doit songer à tous les dangers qui guettent Socrate: les voitures, les chiens, les plantes vénéneuses... Non, je ne dois pas penser à ça! Il finira par revenir, il faut y croire.

— David et Isabelle sont en train de demander aux voisins s'ils l'ont vu, explique Sophie.

Doc'Mac jette un coup d'œil autour d'elle, puis regarde sa montre.

— S'il ne réapparaît pas d'ici demain, nous allons coller des affiches avec sa photo. Pour l'instant, nous devons retourner à la clinique. Allez chercher David et Isabelle, et rejoignez-moi à la camionnette.

Elle ramasse la cage, et le chat se met à miauler.

Je la retiens par la manche.

— Quoi, nous partons? Mais… les gens de la fourrière arrivent demain matin! Mme Ritz m'a bien fait comprendre qu'ils allaient se débarrasser de ces chats! Et s'ils capturaient Socrate en même temps?

— Nous en parlerons tout à l'heure, Clara, je te le promets.

Une fois à la clinique, Sophie, Isabelle et David se ruent dans la cuisine pour le goûter. Moi, je n'ai pas faim. Je préfère accompagner Doc'Mac dans la salle d'examen.

Elle pose la cage sur la table et va chercher le flacon de sédatif au réfrigérateur. Puis elle prend une seringue, insère l'aiguille dans le bouchon en caoutchouc et aspire la dose de liquide nécessaire.

— Grâce à ça, il restera tranquille et n'aura plus mal, m'explique-t-elle. Ensuite, nous verrons quelles sont ses lésions.

— Vous n'allez pas le sortir de la cage d'abord?

Elle secoue la tête.

— Pas avant que le sédatif agisse. Je n'ai pas envie de me faire mordre !

Elle fait le tour de la table et se poste derrière le chat.

— Et maintenant, Clara, attire son attention pendant que je fais la piqûre. Attention, tu dois toujours te tenir hors de portée de ses griffes !

Le chat remue ses oreilles comme s'il essayait de comprendre ce qu'il se passe. À moi de jouer !

— Par ici, minou ! Minou, minou, minou...

Pendant ce temps, Doc' Mac avance la seringue vers les barreaux de la cage mais, au dernier moment, le chat tourne la tête et tente de se redresser tant bien que mal.

— Non, regarde par ici ! dis-je d'une voix aiguë. Gentil minou, tranquille...

Doc' Mac s'approche de nouveau.

— Voilà, c'est bien...

Parfait ! Le chat ne regarde que moi maintenant. La vétérinaire en profite pour lui enfoncer l'aiguille dans la croupe. Tout à coup...

Hisssssssssssss !

Il se retourne en un éclair et passe sa patte à travers les barreaux !

— Aïe ! s'écrie Doc' Mac. Il m'a griffée !

Elle laisse tomber la seringue et court vers l'évier. Le sang coule abondamment de la blessure.

— Oh non! Ça fait très mal?

Doc'Mac passe sa main sous l'eau et frotte la plaie avec du savon.

— Il ne m'a pas ratée! La griffure est profonde. Heureusement, je suis vaccinée! Même s'il a la rage, je ne risque rien.

— Vous n'aurez pas besoin de prendre des antibiotiques?

— Je reconnais bien là une fille de médecins! répond Doc'Mac en souriant. J'en prendrais sans doute s'il m'avait mordu. Dans le cas présent, une crème désinfectante suffira.

— Il a bougé si vite! Je n'ai pas eu le temps de réagir...

— C'est typique des chats. Un chien donne en général un avertissement avant de mordre; un chat, lui, peut très bien attaquer par surprise.

Elle sèche sa plaie, la recouvre de crème et enveloppe sa main d'un bandage.

— On devrait l'appeler Tigre, poursuit-elle. Il est définitivement sauvage!

Soudain, elle relève la tête et me regarde droit dans les yeux.

— Promets-moi d'être prudente avec les chats errants, Clara. Ils sont imprévisibles...

— Vous parlez comme Mme Ritz. Je suis sûre

qu'il a juste besoin d'affection. Une fois qu'on l'aura soigné, on lui trouvera une famille.

— Ce n'est pas vraiment le genre de chat à être enfermé dans une maison, tu sais. Il a toujours vécu dans la nature, il n'a aucune envie d'être domestiqué.

Entre nous, je pense qu'elle a tort. Tigre a eu une vie très difficile. Je pourrais lui apprendre à faire confiance aux humains, puisque je suis douée avec les chats...

Oui, c'est ce que je vais faire ! Dès qu'il se sera rétabli, je l'apprivoiserai. Mme Ritz et Doc' Mac seront bien obligées de changer d'avis. Peut-être même que ma mère deviendra plus indulgente...

En attendant, il faut sauver les autres chats. La fourrière arrive demain matin, nous n'avons plus beaucoup de temps devant nous.

— Ouh ! ouh ! Clara ! s'exclame Doc' Mac. Reviens sur Terre ! L'examen va commencer...

Le sédatif a fait son effet ; le chat se laisse sortir de sa cage sans se débattre. Doc' Mac prend son stéthoscope et l'applique sur la poitrine du patient.

— Le pouls est un peu rapide. Mais, vu le stress qu'il a subi, c'est normal. Je n'entends pas de souffles ni de sifflements anormaux.

Ensuite, elle tâte son corps.

— Pas de côtes fêlées, c'est déjà ça ! En revanche, la patte semble fracturée : on va faire une radio. Au pire, il restera allongé quelques jours. Il faudra aussi le vacciner et le castrer, pour éviter qu'il fasse des bébés. Il y a assez de chats errants comme ça !

Elle prend une poche de liquide intraveineux et l'installe sur un portant. Puis elle m'explique :

— C'est un mélange de sérum et de nutriments spéciaux qui aide les animaux malades à reprendre des forces.

Elle relie la poche à une petite aiguille, qu'elle plante dans la patte du chat. Alors que le médicament commence à s'écouler dans le corps de Tigre, elle désinfecte ses plaies. J'en profite pour lui raconter ma conversation avec Mme Ritz avant de conclure :

— On n'a pas le droit de se débarrasser des animaux comme ça, non ?

— Tu sais, Clara, s'ils représentent un danger pour la santé des humains, ils doivent être emmenés à la fourrière. Mme Ritz a sûrement peur qu'ils aient la rage. Ça touche la plupart du temps les renards et les chauves-souris, mais d'autres espèces peuvent l'attraper aussi. On n'est jamais trop prudent avec la rage !

— Qu'est-ce que c'est, exactement ?

— C'est une maladie qui se transmet par la

salive, quand un animal contaminé mord un autre animal ou un être humain. Elle attaque le système nerveux et le cerveau. Le malade devient très agressif: il bave et peut s'en prendre à n'importe qui. On peut le guérir si on lui injecte tout de suite un médicament. Sinon, il meurt. C'est pour ça que Mme Ritz et ses voisins sont si inquiets.

— Mais vous avez dit qu'on pouvait se faire vacciner!

— Oui, quand on est vétérinaire, et qu'on est quotidiennement exposé à la contamination des animaux. D'ordinaire, les gens n'ont pas besoin de se protéger. Par contre, la loi leur impose de vacciner leurs animaux domestiques. Comme ça, il n'y a pas de risque.

Elle attache un dernier pansement autour de la patte du chat, puis retire ses gants en latex.

— C'est fini! Allons vite l'installer dans la salle de repos avant qu'il reprenne ses esprits.

Chapitre cinq

. . . .

La salle de repos porte bien son nom : c'est ici que les patients récupèrent après une opération. Ça nous permet de garder un œil sur eux pendant leur convalescence. On y trouve des «lits d'hôpital»: plusieurs rangées de cages pour les animaux qui ne peuvent pas encore rentrer chez eux.

Doc' Mac ouvre le placard et se met à y farfouiller. Elle en sort un petit panneau, sur lequel on peut lire : ATTENTION ! ANIMAL DANGEREUX. Elle l'accroche sur la cage de Tigre et pousse un long soupir.

— J'espère que ça suffira à éviter un autre accident. Maintenant, on va chercher tes petits camarades ! ajoute-t-elle en se dirigeant vers la porte.

Vous avez encore beaucoup de travail à faire avant d'aller manger chez Isabelle.

— Attendez, j'ai quelque chose à vous demander !

— Je t'écoute, Clara...

Je prends mon courage à deux mains : je n'ai pas l'habitude de parler aussi franchement à un adulte.

— Eh bien... Je suis très inquiète pour Socrate et les autres chats. Mme Ritz a dit qu'ils allaient être emmenés. Mais on sait tous ce que ça veut dire...

Doc' Mac hoche la tête d'un air triste. Elle aussi déteste que les animaux soient tués sans raison.

— Essayez de la convaincre de les laisser tranquilles ! On pourrait mettre en place un programme d'adoption, comme pour les chiots.

Le mois dernier, Sophie a réussi à localiser une usine à chiots[1]. Grâce à Doc' Mac et aux bénévoles, nous avons sauvé les animaux qui vivaient là-bas dans des conditions épouvantables. Et aujourd'hui, ils ont tous une maison !

Elle s'assoit sur un tabouret et réfléchit quelques minutes.

— Je regrette, Clara, mais Mme Ritz a raison,

1. Lire *Les petits vétérinaires 1. Chiots en danger.*

déclare-t-elle finalement. Cette colonie ne cessera de grandir tant qu'on ne fera rien. Dis-toi qu'une chatte peut avoir cinq ou six chatons par portée, et qu'elle est capable de mettre bas trois fois par an. Dès que ses chatons auront six mois, ils se reproduiront à leur tour. Alors, réfléchis un peu...

Je fais vite le calcul dans ma tête. Incroyable !

— Ça veut dire qu'une chatte peut être à l'origine de quatre-vingts chatons en une seule année ?

— C'est ça ! Tu comprends mieux maintenant pourquoi Mme Ritz est inquiète ? Imagine que tous ces chats habitent derrière chez toi !

— Je préférerais qu'ils habitent avec moi...

Doc' Mac éclate de rire.

— Ça, je n'en doute pas ! Ce n'est hélas pas si simple... La vie des chats errants est courte et difficile. Ils représentent un vrai problème pour certaines villes. J'ai lu des articles là-dessus. Il y a déjà des milliers et des milliers de chats errants dans le pays ! Et les chiffres augmentent tous les jours.

Bien sûr, ça fait beaucoup. Mais...

— Ce n'est pas une raison pour laisser quelqu'un les tuer ! Vous nous dites toujours qu'il faut se battre quand la cause est bonne. Voilà une belle occasion de se bagarrer !

Doc' Mac me regarde comme si elle me voyait

pour la première fois. Je crois que mon petit discours l'a touchée.

— Il y a peut-être une solution, finit-elle par dire. Plusieurs maires ont mis en place un programme de vaccination et de stérilisation dans leur ville.

— Comment ça se passe?

— Ils font appel à des associations, qui capturent les chats errants, les soignent, les vaccinent et les stérilisent pour éviter que leur population n'augmente. Une fois qu'ils sont rétablis, on les tatoue pour indiquer qu'ils ne sont plus porteurs de maladies, et on les remet en liberté.

— Alors, qu'est-ce qu'on attend?

Doc'Mac saute du tabouret et se frappe la cuisse.

— Tu as raison, Clara! J'irai voir les responsables de la fourrière demain matin au Domaine des Chats et je leur parlerai de ce programme. Je connais la plupart d'entre eux, de toute manière...

— Vous voulez bien que je vienne avec vous?

— Pourquoi pas? C'est samedi, demain. Comme ça, on pourra continuer à chercher Socrate... Mais, en attendant, au travail!

Chapitre Six

— On est arrivés ! s'écrie Isabelle.

Nous sommes entassés dans la voiture de Mme Rémy qui est venue nous chercher à la clinique tout à l'heure.

J'avais beau savoir qu'Isabelle vivait au milieu de la forêt, je ne m'attendais pas à ça. On se croirait dans un monde magique ! Il y a des fleurs de toutes les couleurs, des abris pour les oiseaux, et une forte odeur de pin flotte dans l'air.

Le 4 × 4 avance sur un chemin de terre qui mène à la maison.

— Bienvenue dans le domaine de la famille Rémy ! lance Isabelle.

— Quelle chance tu as d'habiter ici! s'exclame Zoé.

— Ce n'est pas «La petite maison dans la prairie», mais «La grande maison dans la forêt!» déclare Sophie en riant.

— Maman l'appelle la forêt des Rêves Bleus, confie Isabelle. C'est la honte...

Mme Rémy nous jette un coup d'œil amusé dans le rétroviseur:

— C'est pas toi qui croyais que Winnie l'ourson et Tigrou étaient nos voisins!

— C'est pas vrai! rétorque Isabelle, toute rouge.

Je suis sûre que sa mère dit la vérité...

J'aime beaucoup Mme Rémy. Elle a de longs cheveux bruns, avec quelques mèches argentées, et travaille à mi-temps à la maison de retraite de L'Âge d'or.

Dès qu'on s'arrête, Isabelle ouvre la portière et nous entraîne hors de la voiture.

— Venez, je vais vous faire visiter!

— Ne soyez pas trop longs, nous prévient Mme Rémy. Le dîner est bientôt prêt.

Isabelle nous conduit à l'arrière de la maison, où nous découvrons deux cabanes.

— Celle de gauche, c'est l'atelier de mon père. Il est menuisier, il fabrique des meubles.

La porte est grande ouverte. En s'approchant, on peut voir une rangée d'outils soigneusement accrochés sur le mur, quelques machines pour travailler le bois, et deux belles chaises qui attendent des clients.

— Hum... Ça sent bon le bois coupé ! dit Zoé.

— C'est exceptionnel. D'habitude, l'odeur des mouffettes couvre toutes les autres, rigole Isabelle. Vous voulez voir le refuge ?

Elle nous emmène vers la seconde cabane. C'est là que la famille d'Isabelle installe tous les animaux blessés qui croisent son chemin. Attention, les Rémy ne sont pas des amateurs ! Ils ont passé un diplôme de réhabilitation : ils soignent les bêtes au refuge, puis les remettent en liberté là où ils les ont trouvées. Isabelle est très fière de participer à ça.

Avant d'entrer, elle nous met en garde :

— On ne peut rester très longtemps là-dedans. Papa et maman ne veulent pas que les animaux s'habituent à notre présence. Et ne faites pas trop de bruit, ils auraient peur.

— Vous avez quoi, en ce moment ? demande David en essayant de voir par-dessus l'épaule d'Isabelle.

— Une marmotte et un renardeau, c'est tout.

Le pauvre, il s'est fait renverser par une voiturette de golf. Il est encore sous le choc... Bon, allons-y.

Nous pénétrons tout doucement, les uns derrière les autres. Le refuge compte plusieurs box, tous prêts à accueillir des animaux malades.

— La marmotte est là, chuchote Isabelle en nous désignant celui du centre.

J'ai du mal à le croire On ne voit rien du tout ! Elle doit se cacher sous le petit tas de paille et d'herbe... Nous avançons ensuite jusqu'au renardeau. Dès qu'il nous aperçoit, il se réfugie dans un coin en tremblant. Décidément, ce n'est pas notre jour de chance !

— On ferait mieux de partir, murmure Isabelle. Je ne voudrais pas qu'on le traumatise encore plus.

La table de la cuisine est très grande ; il y a de la place pour tout le monde.

Avant de s'asseoir, Isabelle nous présente à son père, un grand monsieur barbu au sourire chaleureux. Ses deux fils, Ben et Jérôme, lui ressemblent comme deux gouttes d'eau. Sauf pour la barbe, bien sûr !

— Poe, où es-tu ? appelle Isabelle.

Elle pousse un long sifflement, et un corbeau noir arrive en sautillant dans la cuisine.

— Ah, te voilà! Les amis, voici Edgar Allan Poe! dit-elle, toute fière.

C'est triste, Poe ne peut plus voler : on lui a tiré dessus l'année dernière, et son aile ne s'est jamais rétablie. C'est le seul patient du refuge qu'Isabelle a eu le droit de garder. Depuis, ils ne se quittent plus.

— Bon appétit! chantonne Mme Rémy en nous passant les plats.

Au menu : hamburgers et frites maison (les meilleures que j'aie jamais mangées!).

Alors que nous nous empiffrons, Isabelle raconte à ses parents nos aventures au Domaine des Chats.

— Je suis certaine que Socrate rentrera à la maison, nous rassure sa mère. À ce que j'ai compris, c'est un chat intelligent et indépendant.

— Oui, mais il est blessé, souligne Sophie. Et si ses blessures s'infectent, il n'aura pas la force de revenir.

— Allons, il n'est parti que depuis quelques heures, tente de la rassurer M. Rémy. Il n'y a pas de quoi s'inquiéter.

— C'est ce que pense le docteur Macore, dis-je. Si vous aviez vu ces chats errants! J'ai peur que Socrate ne finisse au Domaine des Chats lui aussi...

— J'ai entendu parler de cette colonie, mais je ne savais pas qu'elle était si importante, fait Mme Rémy.

Je soupire :

— J'aimerais tant pouvoir les sauver !

— Je ne suis pas sûr que ça soit une bonne idée, intervient Ben. S'ils ont survécu jusque-là, ils vont se débrouiller sans toi.

— Mais tous les chats ont droit à un foyer ! dis-je avec enthousiasme. Il faut à tout prix faire quelque chose pour eux.

— Ce n'est pas si simple, Clara, déclare le père d'Isabelle. Nous devons respecter leur besoin d'indépendance.

— Sauf s'il s'agit de chats perdus ou abandonnés, précise Mme Rémy.

— Vous dites qu'ils sont nourris par un jeune garçon et sa sœur ? poursuit son mari. Ça prouve que la plupart sont domestiqués, puisqu'ils comptent sur les humains pour manger.

— Pas forcément, dit Ben. Prenez les ours dans les parcs naturels : ils se nourrissent parfois des restes laissés par les touristes, mais ça ne les empêche pas de retrouver leur instinct de chasse quand les gens ne jettent rien. Ils ne dépendent pas des humains, ils mangent juste ce qu'ils trouvent le plus facilement.

— Les chats, ce n'est pas pareil, objecte Zoé. Ce sont des animaux domestiques. Ils méritent mieux que le Domaine des Chats.

— Il y a un point sur lequel je ne suis pas d'accord avec le docteur Macore, dit M. Rémy en se caressant la barbe. Il est possible d'apprivoiser un chat errant.

— Alors, j'avais raison !

Il secoue la tête :

— Oui et non. Ils ne s'adaptent jamais tout à fait à la condition d'animal domestique. J'ai une amie qui a recueilli un chat errant : même au bout de plusieurs années, il refuse de se laisser toucher.

— Alors, Socrate a dû être l'un d'eux dans sa vie antérieure, plaisante Zoé.

— Moi, je m'inquiète surtout pour les petits de la chatte noire, dit Sophie. Que vont-ils devenir ?

— Ils seront tués, comme tous les autres, répond Isabelle pleine d'amertume.

— Je sais que c'est dur à accepter, mais un trop grand nombre d'animaux d'une même espèce engendre pas mal de problèmes, explique son père. Ils finissent par manquer de nourriture, ils souffrent et meurent seuls dans leur coin. Là, au moins, ils ne sentiront rien quand on les endormira...

Un silence terrible s'abat sur la pièce : nous pensons tous à ce qui va se passer demain.

— Il y a peut-être une solution.

Tous les regards se tournent vers moi, et j'expose en quelques mots le programme de vaccination et de stérilisation dont m'a parlé Doc' Mac.

— C'est une bonne idée, n'est-ce pas? Seulement, je n'ai pas très envie de les remettre en liberté après... Il faudrait trouver des gens pour les adopter.

— Ça ne marcherait pas! s'exclame Ben. Tu as entendu ce qu'a dit papa.

— Ah bon? Et Poe, alors? Il a bien réussi à s'adapter, non? réplique Isabelle d'un ton de défi.

Ils se mettent à se disputer pour établir si Poe est encore ou non un animal sauvage.

Je ne les écoute plus. Je repense à ce qu'a raconté M. Rémy sur son amie.

Dès demain, je commencerai à apprivoiser Tigre. Tout ce qu'il faut, c'est beaucoup de patience et d'affection...

Chapitre sept

· · · · · · · · · · · · · · ·

L e lendemain, j'arrive à la clinique un peu en retard. Le samedi matin, j'ai cours de danse et, aujourd'hui, la leçon a duré plus longtemps que d'habitude.

En poussant la grille du jardin des Macore, je suis envahie par un sentiment étrange, comme si quelque chose clochait. Voyons… J'ai bien retiré mes vêtements de danse, j'ai prévenu ma mère que j'allais chez Doc'Mac, et l'endroit semble plutôt tranquille. Alors quoi ?

Je sais ! Socrate ! C'est ici qu'il me souhaite toujours la bienvenue. Ça veut dire qu'il n'est pas rentré… J'espère que Sophie et Zoé ont préparé des affiches !

Dans la salle d'attente, je vois David, Isabelle, Sophie et Zoé agglutinés autour du comptoir de l'accueil. Assise au bureau de la secrétaire, Doc' Mac essaie d'entendre ce qu'on lui dit au téléphone.

— Oui, nous avons bien perdu notre chat, crie-t-elle dans le combiné.

Sophie se tourne vers moi, tout excitée :

— On a retrouvé Socrate !

— Chut ! ordonne sa grand-mère. Oui, monsieur, je vous écoute. Vous habitez près de chez les Ritz, c'est ça ?

Pas de doute, c'est notre fugueur !

— Quand est-ce qu'on peut aller le chercher ? chuchote Sophie.

— Est-ce qu'il va bien ? demande Isabelle.

— Attendez une minute, les enfants ! À quoi ressemble-t-il, au juste ? poursuit Doc' Mac.

Nous attendons, le cœur battant. Elle acquiesce une fois, deux fois…

— Vous en êtes sûr ? dit-elle, l'air déçu. Hélas, ce n'est pas notre chat. Merci beaucoup d'avoir appelé. Au revoir, monsieur.

Elle raccroche et se tourne vers nous, attristée.

— Il est bien roux, mais c'est une femelle aux oreilles blanches… Je suis désolée.

— Heureusement qu'on a fait ces affiches,

alors ! s'exclame Sophie en posant un tas de feuilles jaunes sur le comptoir.

Sur chacune, il y a une photo de Socrate et le titre CHAT PERDU écrit en grosses lettres.

— Nous finirons par le retrouver, je vous le promets, dit la grand-mère de Sophie. En attendant, tout le monde dans la voiture !

Cinq minutes plus tard, nous arrivons au Domaine des Chats. En route, Doc' Mac a tenté de combler le silence en nous parlant de l'agent de la fourrière qu'elle connaît bien.

— Tenez, le voilà ! dit-elle en se garant près de la voie ferrée.

C'est un homme grand et mince, vêtu d'un uniforme vert. Appuyé sur le capot d'une camionnette, il remplit des papiers. Nous avançons vers lui, Doc' Mac en tête.

— Docteur Macore, qu'est-ce que vous faites là ? demande-t-il en lui serrant la main, l'air étonné.

— Bonjour, Eddy ! Je vous présente mes petites-filles, Sophie et Zoé. Et voici David, Clara et Isabelle, qui travaillent comme bénévoles à la clinique. Les enfants, voilà Eddy Solier.

Nous lui disons bonjour en chœur.

— Je vous ai laissé plusieurs messages hier soir, poursuit Doc' Mac.

— Je n'ai pas eu le temps de les écouter, s'excuse Eddy. On a eu une urgence : une cinquantaine de chauves-souris dans un grenier. Il a fallu toutes les évacuer.

— Berk... Je déteste les chauves-souris ! s'exclame Zoé en frissonnant.

— Elles sont très utiles, tu sais, explique Isabelle. Elles nous débarrassent des moustiques.

— Merci beaucoup ! Il y a des sprays pour ça ! réplique Zoé.

— Alors, qu'est-ce que je peux faire pour vous ? reprend Eddy. Vous avez un problème à la clinique, docteur ?

— Pas vraiment, répond Doc' Mac. En réalité, nous sommes là pour les mêmes raisons que vous, ajoute-t-elle en désignant les chats.

Eddy fronce les sourcils et déclare :

— Je dois les emmener sans tarder. Les habitants du quartier sont furieux !

— Et qu'est-ce que vous allez faire d'eux ? demande Isabelle avec ferveur.

— Laisse-moi m'occuper de ça, tu veux bien ? lui dit Doc' Mac.

Elle explique à Eddy le principe du programme de vaccination et de stérilisation. Je croise les doigts : pourvu qu'il accepte ! C'est notre dernier espoir...

— Et qui paiera tout ça ? demande Eddy. Vous

savez bien que le budget de la fourrière est très serré.

— Je prendrai en charge les frais, promet Doc' Mac. Considérez ça comme une contribution à ma ville.

Eddy hésite... Cette fois-ci, je croise même les orteils dans mes chaussures !

— Vous dites que les chats ne seront plus porteurs de maladie ? s'assure-t-il.

— C'est exact ! Je vous ai préparé un petit dossier sur ce programme, répond Doc' Mac en lui tendant une pochette en plastique. Vous verrez que les résultats sont très concluants. Les villes ayant eu recours au programme ont vu leur population de chats errants diminuer de moitié !

— Et vous voulez les remettre au Domaine des Chats après ? Les voisins ne vous laisseront jamais faire !

— Vous aurez beau chasser cette colonie, d'autres chats viendront à sa place, et les risques de maladie seront les mêmes. Avec ce programme, les animaux ne représenteront plus aucun danger. Vous devriez organiser une réunion pour expliquer ça aux gens.

Eddy feuillette le dossier d'un air sceptique.

— Je vous en prie, aidez-nous à sauver ces chats ! dis-je, les joues rouges d'émotion.

L'agent relève la tête et pousse un long soupir.

— J'ai toujours détesté tuer des animaux pour rien, confie-t-il. Ce n'est pas leur faute s'ils sont dans la rue. J'accepte votre proposition... Mais si ça ne marche pas, je serai obligé de les emmener à la fourrière.

— Oh merci! Merci beaucoup!

Eddy dépose le dossier dans la camionnette et se retourne vers Doc' Mac.

— Je suppose que vous avez besoin d'en capturer une partie. Vous voulez utiliser mes pièges?

J'écarquille les yeux:

— Des pièges! C'est horrible! Ça ne va pas leur faire mal?

Eddy éclate de rire.

— Mais non! Ce ne sont pas des pièges de chasseurs, voyons! Regarde!

Il sort une cage de son coffre. Elle ressemble beaucoup à celle que nous avons à la clinique, sauf qu'elle dispose d'un système de sécurité pour immobiliser le chat, une fois qu'il est à l'intérieur. Ainsi, on peut lui faire une piqûre sans aucun risque.

— Sinon, ils ne se tiendraient pas tranquilles, explique-t-il.

Moi non plus, je ne resterais pas tranquille si on m'enfermait dans une boîte en métal! Quand tout ça sera fini, j'inventerai un piège moins cruel. Voilà un bon projet pour mon club de sciences naturelles!

— Dommage que je n'aie pas eu une de ces cages hier! lâche Doc'Mac en montrant sa main bandée.

— Nous serons très prudents, lui assure Eddy. Combien de chats voulez-vous capturer aujourd'hui?

— Six, pas plus. Je ne pourrais pas en accueillir davantage en une seule fois. J'ai apporté du thon pour les attirer.

— Avec ça, ils vont se battre pour entrer dans les pièges! Je vais commencer à les mettre en place...

Doc'Mac se tourne vers nous.

— Ça va prendre un moment. Si vous alliez coller des affiches, en attendant?

— Bonne idée! s'exclame Sophie. Allons-y!

Je fais un pas en avant:

— Est-ce que je peux rester? Peut-être que je verrai Socrate...

— D'accord, Clara, répond Doc'Mac. Mais n'oublie pas que tu es ici uniquement pour regarder. Interdiction formelle de toucher les chats, c'est compris?

— À vos ordres!

Chapitre huit

. . . .

De retour à la clinique avec les chats capturés, Doc'Mac me demande encore une fois de rester à l'écart. Si vous voulez mon avis, elle est trop prudente. Maintenant qu'ils sont dans les cages, je ne risque plus rien ! Mais je lui obéis sans un mot...

Elle injecte un sédatif au premier chat, qui pousse des miaulements de protestation. Au bout de quelques minutes, le médicament agit, et le patient se relaxe. Doc'Mac aussi semble plus détendue.

— Tu peux t'approcher maintenant, me dit-elle.

Elle ouvre la cage, sort le chat et commence à l'examiner.

— Tout bien considéré, tu ferais mieux de reculer, reprend-elle. Il a plein de puces!

Elle vérifie ensuite le rythme cardiaque du chat et sa température, puis palpe son corps à la recherche de boules suspectes. Enfin, elle lui ouvre la bouche.

— Berk, il a mauvaise haleine! C'est le signe d'une infection. Je le mettrai sous antibiotiques plus tard. Pour le moment, je vais traiter ses plaies. Tu peux m'apporter la crème antiseptique?

Je m'exécute aussitôt. Doc' Mac étale la crème sur la patte enflée de l'animal et lui fait un pansement.

— C'est tout?

— Hélas, non! répond la vétérinaire.

Elle sort plusieurs seringues pour le vacciner et lui faire des prises de sang. Puis elle lui injecte un antibiotique et termine en lui vaporisant de l'anti-puce sur les poils.

— Je vais attendre qu'il soit réhydraté pour l'opérer, explique-t-elle. Il doit être castré. Ensuite, il retournera au Domaine des Chats...

— On est obligé de le ramener là-bas? Peut-être qu'il s'habituera aux humains en étant ici...

— J'en doute. Après avoir passé trois jours à la clinique, il sera ravi de retrouver la liberté.

Doc' Mac enveloppe le chat dans une couverture et le pose dans mes bras.

— Installe-le dans une des cages au fond de la pièce. Je vais chercher le patient suivant.

— Avec plaisir !

J'en profite pour jeter un œil sur Tigre. Il est bien réveillé maintenant. Ses oreilles remuent doucement tandis qu'il me regarde avec ses beaux yeux verts.

À cet instant, le docteur Gabriel passe à côté de moi en portant un perroquet blessé.

— Fais attention avec Tigre ! me prévient-il. Il a le coup de griffe facile !... Regarde le trou qu'il a fait dans ma blouse.

Il ouvre une cage à oiseau et dépose le perroquet dedans.

— Désormais, tu vas rester tranquille, dit-il à son patient. Tu n'es pas un chien. Pas question d'attaquer le facteur !

— Le facteur ! Le facteur ! répète le perroquet.

— Qu'est-ce qu'il lui est arrivé ?

— Rien du tout ! répond Gabriel. On croyait qu'il avait une aile cassée, mais la radio n'a rien démontré. C'est un sacré numéro ! Dès que le facteur passe, il s'envole par la fenêtre du salon pour aller l'embêter. Ses propriétaires devraient l'enfermer dans sa cage une bonne fois pour toutes !

Tigre se met à miauler pour attirer mon attention. On dirait qu'il est jaloux que je m'occupe de
quelqu'un d'autre.

— Bon, je te laisse, Clara, dit Gabriel. À tout à
l'heure !

Dès qu'il ferme la porte, Tigre se remet à me
parler. Comme il est beau maintenant que Doc' Mac
l'a lavé ! On dirait un autre chat. Il ronronne fort
et frotte son nez contre les barreaux. J'approche
ma main, tout doucement... Je ne peux pas m'en
empêcher. Si Socrate m'aime bien, je devrais pouvoir amadouer Tigre, non ? C'est l'occasion parfaite de le savoir...

Le chat renifle mes doigts tout en continuant à
ronronner. Je crois que c'est bon signe : il a peut-
être envie de devenir mon ami.

Miaou...

J'ouvre avec précaution la porte de la cage. Tigre
ne bouge pas. Qu'est-ce que je risque, après tout ?
Il se remet à peine de ses blessures : même s'il le
voulait, il ne pourrait pas m'attaquer. J'avance la
main vers sa tête...

— Gentil minou ! Viens là, je ne te ferai pas de
mal.

Tigre semble convaincu. Il se frotte contre mes
doigts. Soudain, en un éclair, il relève la tête et

plante ses dents acérées entre mon pouce et mon index !

— Aïe ! Lâche-moi !

Je secoue la main de toutes mes forces jusqu'à ce que Tigre la libère, et je claque la porte de la cage.

C'est la première fois que je me fais mordre. Ça fait trop mal ! Des larmes commencent à couler sur mon visage ; je tremble de plus en plus. La blessure est profonde et je perds plein de sang. Tigre, lui, se lèche les pattes comme si de rien n'était.

— Tu vas bien, Clara ? s'exclame le docteur Gabriel en ouvrant la porte. Je t'ai entendue crier.

— Heu... Ça va, ça va, dis-je en essayant de cacher ma main.

— Que s'est-il passé ?

« Allez, Clara, tu dois lui montrer la morsure, même si ça t'attire des ennuis... » Je tends le bras, le visage rouge de honte.

— Oh non ! C'est Tigre ? demande Gabriel.

— Oui...

Je sens ma main chauffer. Je n'avais jamais ressenti une douleur pareille !

— On va devoir appeler tes parents, déclare Gabriel en nettoyant ma plaie avec de l'eau. Désolé, ça va être douloureux...

— Oh non, pas ça ! Pas mes parents ! Déjà que

ma mère déteste les chats, elle ne voudra jamais que j'en aie un si elle l'apprend... Ça va aller. Mettez-moi juste un pansement.

Gabriel me regarde d'un air grave, et je sais qu'un simple pansement ne fera pas l'affaire.

— Tu ne comprends pas, Clara ! dit-il. Les morsures d'animaux doivent être examinées par un médecin. Il faut t'emmener tout de suite à l'hôpital !

Chapitre neuf

· · · · · · · · · · · · ·

La porte des urgences s'ouvre à la volée et mes parents font irruption dans la salle d'attente. Doc'Mac se lève et leur fait un signe de la main.

— Oh, Clara! s'écrie ma mère en courant vers moi.

Elle me serre dans ses bras. Mon père nous rejoint et demande gentiment :

— Fais-moi voir.

Je leur montre ma main enflée. Ma mère étouffe un cri. J'essaie de la rassurer :

— Ça ne fait pas si mal…

Mon père examine la plaie.

— C'est profond, remarque-t-il.

En général, mes parents restent très calmes

dans de telles situations. Papa est cardiologue, et maman, orthopédiste. Ils ont l'habitude de voir des blessures bien pires que celle-ci. Un jour, ils ont même sauvé sur la route un couple qui venait d'avoir un accident de voiture en leur faisant du bouche-à-bouche! Là, je vois qu'ils sont très, très pâles... Ce n'est pas la même chose quand c'est votre propre enfant qui est blessé.

— Le médecin devrait la recevoir d'une minute à l'autre, leur apprend Doc'Mac.

— Comment c'est arrivé? veut savoir ma mère.

— C'est juste un petit incident, maman.

Pas question qu'on m'interdise de retourner à la clinique! Je continue:

— Le docteur Macore m'avait prévenue de ne pas m'approcher des chats sauvages, mais...

— C'est un chat sauvage qui t'a fait ça! me coupe maman. Une panthère?

— Non, Tigre.

— Tu as été mordue par un tigre!

Ma mère crie si fort que tout le monde se tourne dans notre direction.

— Pas un tigre, ni une panthère, répond calmement Doc'Mac, mais un chat des rues. Nous venons de lancer un programme de vaccination d'une colonie de chats errants, et Clara s'est fait mordre par l'un d'eux.

— Je ne pensais pas qu'il me ferait du mal! Il avait l'air de bien m'aimer...

Ma mère ne m'écoute pas, elle est paniquée. Une chose est sûre : je ne suis pas près d'avoir un chat à la maison...

— Je voudrais m'entretenir moi-même avec les médecins, intervient Doc' Mac. Il faudra sans doute lui faire une piqûre contre la rage.

— La rage? répète ma mère, affolée.

Oh non...

— Monsieur et madame Patel! appelle la réceptionniste. Le médecin va recevoir Clara.

— Je vous attends ici, dit Doc' Mac d'une petite voix.

Je sais qu'elle se sent responsable de ce qui m'est arrivé. Je ferai tout pour prouver que ce n'était pas sa faute!

— Eddy ne va pas tarder à nous rejoindre, ajoute-t-elle. Je lui raconterai ce qu'il s'est passé.

Eddy? Qu'a-t-il à voir avec mon accident? Tant pis, je demanderai plus tard... Le docteur m'attend.

C'est la première fois que je suis aux urgences. Tout y est si blanc et si propre! Un peu comme à la clinique. Il manque juste les aboiements des chiens du chenil... Un infirmier barbu nous conduit dans une pièce avec plusieurs lits, séparés par des rideaux. Je m'installe sur l'un d'eux pendant qu'il discute avec mes parents de trucs médicaux assez ennuyeux. Il prend ma tension et ma température, et reporte les résultats sur une fiche.

— Et maintenant, si on désinfectait cette vilaine morsure ? dit-il avec un grand sourire.

Il plonge mon avant-bras dans une bassine d'eau froide et frotte doucement la plaie avec un savon spécial. Je serre les dents : ça fait drôlement mal ! Il me met un bandage et annonce en se levant :

— Le docteur Suarez sera là d'une minute à l'autre. Je vais tirer le rideau pour que vous ayez plus d'intimité.

Ma mère me caresse les cheveux d'une main douce.

— Je m'en veux à un point ! dit-elle, les larmes aux yeux. Je n'aurais jamais dû te laisser aller dans cette clinique. C'est bien trop dangereux.

— Allons, allons, Yasmine, fait mon père d'une voix apaisante. Ne nous emballons pas ! Les gamins se blessent tout le temps… Heureusement, d'ailleurs, sinon tu n'aurais plus de travail.

Ma mère ne peut pas s'empêcher de sourire. C'est vrai que la plupart de ses patients sont des enfants qui se cassent un bras ou une jambe !

— J'avais quand même raison à propos des chats, s'entête-t-elle. Ils sont perfides et agressifs !

À présent, c'est sûr : je n'aurai jamais de chat !

À cet instant, le docteur Suarez pousse le rideau :

— Bonjour, Yasmine ! Bonjour, Chris !

Ainsi, il connaît mes parents. J'espère que ça va les aider à se détendre un peu… Le médecin enfile une paire de gants en latex et s'assoit sur un tabouret à côté de moi.

— Je vais examiner ta morsure, dit-il. Ça risque d'être douloureux… Tu es prête ?

Je fais signe que oui.

Il retire avec précaution le bandage et inspecte les petits trous laissés par les dents de Tigre.

— Il ne t'a pas ratée ! commente-t-il. Tu peux remuer les doigts ?

Pas de problème.

— Parfait !

Le docteur Suarez se tourne vers mes parents avec un sourire rassurant.

— Tout va bien. Les os et les nerfs n'ont pas été touchés. Contrairement aux chiens, les chats n'ont pas la mâchoire assez forte pour casser un doigt. Pas de points de suture non plus : on n'en fait jamais pour de petites morsures.

Ma mère pousse un soupir de soulagement.

— Je suppose que Clara est vaccinée contre le tétanos, poursuit-il. On va lui faire un rappel et lui injecter des antibiotiques.

— Je vais avoir deux piqûres ?

— Je suis désolé, c'est nécessaire. Il y a aussi le problème de la rage : le docteur Macore m'a dit que le chat n'avait été vacciné qu'hier. Comme on ne sait pas s'il était porteur de la maladie, il va falloir faire un test sur l'animal de toute urgence.

Cette fois, ma mère ne peut retenir ses larmes.

— Ne vous inquiétez pas, Yasmine, reprend le médecin. Soixante-dix pour cent des cas de rage sont transmis par des renards ou des chauves-souris. Il y a peu de risques que ce chat soit contaminé.

— Alors, si le résultat est négatif, elle n'aura pas besoin de recevoir le traitement ? veut savoir mon père.

— Attendez une minute !

Je viens de me souvenir d'un article que j'ai lu sur Internet.

— Qu'est-ce que vous allez faire à Tigre, exactement ?

Soudain, le docteur Suarez a l'air très embarrassé. Il ne répond pas tout de suite, et évite mon regard.

— Eh bien…, finit-il par lâcher, nous lui pré-
lèverons un peu de tissu cérébral. Pour cela, nous
devrons l'euthanasier, ajoute-t-il plus bas. Mais il
ne sentira rien du tout.

— Quoi?

Après ma mère, c'est à mon tour d'éclater en
sanglots.

— Vous n'avez pas le droit de faire ça! Tigre
n'y est pour rien. C'est moi! Je n'aurais jamais dû
ouvrir la cage. Je suis désolée…

— Tu préfères recevoir plein de piqûres, plutôt
que le sacrifier? s'étonne mon père. Il n'appartient
à personne, ce chat!

— Et alors? C'est un être vivant comme les
autres.

— Il y a une autre solution, intervient le docteur Suarez en me tendant un mouchoir. L'animal
peut être mis en quarantaine pendant dix jours.
S'il ne développe aucun symptôme, il ne sera pas
supprimé.

— Pourquoi vous ne l'avez pas dit plus tôt?

— Parce qu'il y a des désavantages pour toi,
Clara: on devra t'injecter deux vaccins antirabiques dès aujourd'hui, et un autre la semaine pro-
chaine. Sans compter les trois derniers, si Tigre a
la rage.

— Vous ne pouvez pas attendre la fin de la quarantaine pour savoir si j'en ai besoin?

— Non, il serait trop tard. La maladie se développe très vite.

Ma mère regarde le médecin et pousse un autre
soupir. Elle ne dit rien, mais je sais très bien ce
qu'elle pense.

Je crie :

— Tu veux qu'on le tue, c'est ça? Jamais de
la vie! Alors, oui, je préfère supporter toutes les
piqûres du monde!

Mes parents essaient de me faire changer d'avis;
pendant dix minutes, ils me disputent, me supplient,
me menacent. En vain; ma décision est prise : j'ai
commis une erreur, c'est à moi d'en payer le prix.

Le docteur Suarez soulève ma manche et pro-
cède à la première injection.

— Aïe!

C'est presque aussi douloureux que la morsure
de Tigre. Quand je pense qu'il m'en reste encore
une à faire...

— On continue? demande le médecin.

— Oui...

Je serre les dents et respire un grand coup en
me disant : «Courage, Clara! Tu sauves la vie d'un
chat!»

Dix minutes plus tard, je sors de la pièce un peu étourdie et rejoins Doc' Mac et Eddy Solier dans la salle d'attente.

— J'ai décidé de recevoir les piqûres antirabiques. Sinon, on allait tuer Tigre!

— Il était impossible de l'en dissuader! ajoute mon père avec un brin de fierté. Vous allez surveiller le chat pendant dix jours?

— C'est exact, répond Eddy. Nous sommes obligés de suivre tous les cas potentiels de rage. D'ailleurs, je suis en train de faire un rapport pour les autorités sanitaires. Attendez-vous à être assaillis par des journalistes : les histoires de rage font toujours sensation...

— Tant que Clara est en bonne santé, rien ne me dérange! déclare mon père en me serrant contre lui.

— Aïe! Papa, fais attention à mon bras!

— Oups, désolé!

Doc' Mac nous regarde d'un air désespéré.

— Monsieur Patel, vous ne pouvez pas savoir comme je m'en veux!

Mon père secoue la tête :

— Vous n'avez rien à vous reprocher. Clara nous a clairement fait comprendre qu'elle était la seule responsable dans cette affaire.

Soudain, une grande femme déboule dans la

pièce comme un ouragan et se précipite vers nous.

— J'ai reçu un appel de la fourrière à propos d'un cas de rage, dit-elle en sortant son calepin et un stylo. C'est toi, la petite fille qui a été attaquée par cet horrible chat sauvage?

Chapitre dix

· · · · · · · · · · · · ·

« Horrible chat sauvage… horrible chat sauvage…»
Les mots de la journaliste résonnent toute la
nuit dans ma tête.

Que se passe-t-il? Je suis poursuivie par
d'énormes chats aux dents pointues et aux griffes
acérées. J'essaie de m'échapper; ils vont m'attraper!
J'aperçois une grotte au bout du chemin. Vite, vite!
J'y serai en sécurité. Je cours me réfugier à l'intérieur quand…

Bang! La porte d'un piège se referme sur moi.

— Au secours!

Ma voix s'est transformée en miaulement. Les
agents de la fourrière sont là. Ils m'ont enfermée!
Ils veulent me faire une piqûre.

— Non, non ! Je ne suis pas un chat ! Laissez-moi sortir !

Soudain, je me réveille en sursaut. Ouf, ce n'était qu'un cauchemar... Je retombe sur mon oreiller avec un soupir de soulagement.

— Clara ?

Ma mère se tient sur le seuil de ma chambre.

— Tu peux entrer, maman, je suis réveillée.

— Tant mieux. Il est presque midi, dit-elle en s'approchant. Comment te sens-tu ? Tu veux que je t'apporte quelque chose à manger ?

— Ça va... Je vais descendre dans la cuisine.

Elle dépose un léger baiser sur mon front.

— Je file te préparer un bon repas. À tout de suite !

Doucement, j'enlève mon pyjama et commence à m'habiller. Mon bras me fait encore très mal à cause des piqûres, et ma main est en feu. J'essaie de ne pas regarder les posters de chats qui recouvrent les murs de ma chambre. Ils me rappellent mon cauchemar, et cette sensation atroce d'être enfermée. J'ai des frissons rien qu'en y repensant.

Pauvre Tigre ! C'est ce qu'il a dû ressentir quand on l'a mis dans la cage. C'est sans doute pour ça qu'il m'a mordue ! Maintenant que je sais ce que ça fait d'être prisonnier, je ne peux pas lui en vouloir.

Dans l'après-midi, mes copains bénévoles viennent me rendre visite.

— Tu as vu, tu es dans le journal! s'exclame David en entrant dans ma chambre. C'est trop cool!

— Je sais...

La journaliste que j'ai croisée aux urgences a écrit un article sur mon accident: «LA RAGE MENACE!» annonce le gros titre. Pfff... C'est ridicule!

— Vous avez retrouvé Socrate?

— Pas encore, répond Isabelle. Pourtant, on est retournés plusieurs fois au Domaine des Chats... Mais ne t'inquiète pas, ajoute-t-elle aussitôt, il a dû trouver une famille riche qui lui donne du caviar à tous les repas! Il en aura marre, et finira par revenir.

— Qu'en pense Doc'Mac?

— Ma grand-mère est très inquiète, avoue Sophie. Socrate n'est jamais parti aussi longtemps. J'espère qu'il ne s'est pas fait écraser ou...

— Ne dis pas ça! On doit continuer à y croire...

— Raconte-nous comment ça s'est passé à l'hôpital! me demande Zoé. Il paraît qu'on t'a fait plein de piqûres.

Je leur résume mes aventures aux urgences en

prétendant que ce n'était pas grand-chose. Je viens de terminer quand ma mère entre dans la pièce avec mon petit frère et ma petite sœur, des jumeaux de six ans.

— On a eu très peur pour elle, dit-elle d'un air grave. Nous la garderons à la maison pendant quelques jours, le temps qu'elle récupère.

Au retour de l'hôpital, mes parents ont décrété que j'étais trop faible pour quitter le lit. C'est stupide. Je ne suis pas malade !

— Elle reviendra bientôt à la clinique ? demande Sophie.

Ma mère hésite avant de répondre.

— Heu, je ne sais pas... Il faut qu'on en parle.

Je secoue légèrement la tête pour dire à mes amis de ne pas insister et faire diversion :

— Comment vont les chats ?

— Beaucoup mieux. Mais qu'est-ce qu'ils sont bruyants ! s'esclaffe Sophie. Gabriel et ma grand-mère les ont opérés hier soir, et depuis, ils n'arrêtent pas de miauler. Du coup, Sherlock se sent obligé de faire la compétition. C'est un vrai concert !

J'imagine le basset de Sophie en train d'aboyer au milieu de tous ces chats. Ça doit être trop drôle !

— Moi, ça m'a donné la migraine..., soupire Zoé.

Sophie lève les yeux au ciel avec un petit sourire moqueur.

— Bref... On retourne au Domaine des Chats mercredi prochain pour récupérer une nouvelle fournée, et relâcher ceux qui sont déjà soignés.

— Ce ne sont pas tous des chats errants, dis-je à ma mère. Certains ont été abandonnés par leurs maîtres. C'est terrible, non?

— Affreux, confirme-t-elle sans aucune émotion.

Ce n'est pas vraiment la réponse que j'espérais...

— Maman, maman! On peut y aller maintenant? demande ma petite sœur.

Ma mère regarde sa montre.

— J'ai promis de les emmener au parc, explique-t-elle. Il fait si beau dehors!

— Je peux venir avec vous?

— Pas question, Clara, tu as besoin de repos!

— On va partir, nous aussi, fait Isabelle. On a du travail à la clinique.

— Dites à Doc'Mac de me garder ma place.

— Personne n'en voudrait! plaisante David.

Une fois mes amis partis, je m'allonge sur mon lit et laisse mon esprit vagabonder. Si seulement Socrate était là! Il pourrait me tenir compagnie.

Quand je pense que jamais je n'aurai un chat... Ma mère est persuadée qu'ils sont «perfides et agressifs». Et si Doc'Mac me faisait un dossier, comme celui qu'elle a donné à Eddy, pour prouver que les chats sont des animaux extraordinaires? Ma mère se laisserait peut-être convaincre...

Soudain, une idée me traverse l'esprit: je n'ai pas besoin qu'on rassemble des informations pour moi, je peux très bien le faire toute seule!

C'est décidé, je vais écrire quelque chose sur les chats.

Chapitre onze

. . . .

Lundi matin, je me sens beaucoup mieux : je n'ai même pas fait de cauchemar. Pourtant, mes parents refusent toujours de me laisser aller à l'école. Tant pis… Je n'ai plus envie de me disputer. J'ai déjà dû me battre pendant une heure hier pour qu'ils me permettent de retourner bientôt à la clinique !

Après le petit déjeuner, je remonte dans ma chambre et commence mes recherches. Je veux trouver un maximum d'articles qui prouvent que les chats sont de bons animaux de compagnie. J'ajoute des informations sur les chats errants, le programme de vaccination et la rage : comment

détecter cette maladie, quels sont les animaux porteurs...

Mardi soir, mon texte est terminé : trente-deux
pages, plus une table des matières et une belle
illustration en couverture. Je l'ai appelé «Les chats
sont formidables».

Avant d'aller me coucher, je le pose sur le canapé
à côté de ma mère.

— Qu'est-ce que c'est ? me demande-t-elle. Un
devoir à rendre pour l'école ?

Je secoue la tête :

— Non, c'est du travail personnel.

Elle l'ouvre et tourne les premières pages.

— Clara, tu ne vas pas encore insister pour avoir
un chat ! Pas après ce qu'il t'est arrivé !

— Je t'en prie, lis-le. Je voudrais juste que tu
saches pourquoi je les aime autant. On se com-
prend, eux et moi. Enfin, pas toujours..., dis-je en
regardant mon bandage.

Ma mère pousse un long soupir.

— Tu n'abandonneras jamais, n'est-ce pas ? Je
dois cependant reconnaître que la détermination
est une excellente qualité, ajoute-t-elle avec un
sourire. C'est grâce à ça que j'ai réussi mes études
de médecine. Bon, je te promets de lire ton texte.
En attendant, va te coucher ! Tu as école demain.

Youpi! Je vais enfin pouvoir sortir de la maison!
Ce n'est pas trop tôt...

J'adore l'école. Je sais que certaines personnes
trouvent ça bizarre, mais ça m'est égal. Je suis tellement contente de retrouver ma place en cours
de maths et de sciences! Tout le monde me pose
des questions sur mon accident, et je suis obligée
de répéter un million de fois la même chose. La
journée passe très vite, et dès que la dernière son-
nerie retentit, je file à la clinique de Doc' Mac.

— Tiens, te revoilà, Clara! s'exclame Gabriel.
— Je suis très heureuse de te voir! lance
Doc' Mac. Nous avons besoin de toi ici.
Ils sont en train de s'occuper de six nouveaux
chats, capturés depuis peu au Domaine des
Chats.
— Comment va Tigre?
— Sa patte est presque guérie, et il n'a aucun
symptôme de rage, répond la vétérinaire.
— Plus que six jours, et il sera libre, c'est ça?
— Exactement!
— Alors, qu'est-ce que ça fait d'être une star?
me taquine Gabriel. Je t'ai vue dans le journal,
l'autre jour. J'ai bien envie de me faire mordre moi
aussi, pour être en première page.

— Croyez-moi, ça ne vaut pas le coup, dis-je en riant. J'aurais préféré que cette journaliste n'écrive rien du tout. Elle fait passer les chats errants pour des bêtes féroces!

— Les faits ont été rapportés de façon correcte, intervient Doc'Mac. Pour ma part, je ne suis pas mécontente que cet article soit paru : peut-être que les propriétaires vont penser à faire vacciner leurs animaux, maintenant! D'ailleurs, j'ai un gros travail pour vous aujourd'hui : retrouver tous les patients dont le vaccin doit être réactualisé, et envoyer un petit mot à leurs maîtres. Je te charge de prévenir les autres.

La cuisine est la plus belle pièce de la maison des Macore. Elle est tellement grande! Il y a un canapé et une cheminée. J'espère que Doc'Mac y fait du feu en hiver, ça doit être très chaleureux!

Nous sommes tous les cinq installés autour de la table, en train de travailler. Sherlock dort dans un coin, malgré les taquineries de Filou, le chiot de Zoé. L'image serait parfaite s'il ne manquait pas notre chat préféré…

— Aucune nouvelle de Socrate?

L'air triste, Zoé secoue la tête :

— Il s'est volatilisé…

— Je suis sûre que quelqu'un l'a recueilli, dit Isabelle.

— Dans ce cas, on nous aurait déjà appelés, réplique Zoé. Socrate a un collier avec notre numéro.

Plus personne ne parle pendant un long moment. Je sais que Zoé a raison ; pourtant il ne faut pas perdre espoir. En faisant mes recherches, j'ai appris que certains chats avaient parcouru le pays entier pour rentrer chez eux. Alors, Socrate peut bien traverser quelques rues.

— Sophie, tu es sûre que ta grand-mère nous a demandé de vérifier toutes ces fiches ? grogne David. Ça prendra des jours...

— Ce n'est pas si difficile, il suffit d'être organisé. Je te parie qu'on pourra terminer les C avant ce soir.

— Impossible ! déclare Isabelle. Je te rappelle qu'on doit accompagner Doc'Mac et Eddy au Domaine des Chats pour remettre les chats en liberté.

— Oui, c'est vrai ! Ils ont accepté qu'on vienne ?

— Ce n'était pas gagné..., soupire Zoé. Après ton accident, on a eu droit à un de ces sermons ! «Vous devez respecter mes consignes, sinon vous atterrirez à l'hôpital !» criait ma grand-mère. Ils ont quand même fini par accepter.

— Désolée de vous avoir fait subir ça…

— Ce n'est pas grave, répond Zoé. On avait surtout peur que tes parents ne te laissent pas revenir.

— Ça n'a pas été facile de les convaincre. Je tenais à être là pour la remise en liberté. Après tant d'heures passées dans la cage, les chats vont être contents de retrouver leur territoire.

— Attends une minute ! dit Isabelle en posant son stylo. Ce n'est pas toi qui voulais absolument les faire adopter ?

Je sens mes joues devenir toutes rouges.

— Si… Mais j'ai bien réfléchi, et je crois que Doc' Mac a raison : les chats errants ne sont pas faits pour vivre dans une maison.

— Waouh ! Je ne pensais pas que je t'entendrais dire ça un jour ! s'exclame Isabelle.

Soudain, un klaxon retentit dans la cour de la clinique. David se précipite à la fenêtre :

— Voilà Eddy !

Chapitre douze

· · · · · · · · · · · · · · ·

Tout est calme quand nous arrivons au Domaine des Chats. Eddy ouvre les premières cages. Les chats en jaillissent et courent se réfugier dans les fourrés.

— À plus tard, les gars! s'exclame David.

— Ils sont super contents de retourner chez eux, renchérit Eddy.

Doc' Mac lui fait un grand sourire :

— Vous semblez très heureux, vous aussi.

— C'est vrai... Ce n'est pas parce que je travaille à la fourrière que je n'aime pas les animaux! Ce programme est une excellente idée.

Je regrette de ne pas pouvoir filmer ce moment pour le montrer à tout le monde. Les agents de la fourrière ne sont pas les méchants chasseurs de chiens que l'on voit dans les dessins animés. La plupart veulent vraiment aider les animaux.

— Oh non! soupire à cet instant Sophie. Les ennuis arrivent.

Mme Ritz se dirige à grands pas vers nous, son téléphone portable à la main. Elle a l'air encore plus énervée que la dernière fois.

— Mais qu'est-ce que vous faites? s'écrie-t-elle, le visage rouge de colère. Vous êtes censés nous débarrasser de ces chats, pas d'en amener d'autres! J'appelle la fourrière!

— Madame Ritz? Laissez-moi vous expliquer, demande Eddy. Ceux-là ont été vaccinés, ils ne représentent plus aucun danger pour vous et votre famille.

— Allô, la fourrière? Passez-moi immédiatement le responsable, nous avons une urgence.

— Ce n'est pas une urgence, poursuit Eddy. Écoutez-moi, s'il vous plaît…

Mme Ritz couvre le combiné de sa main et se tourne vers lui, furieuse:

— Non, c'est vous qui allez m'écouter! À cause de vous, mes enfants ne sont pas en sécurité dans leur propre jardin. J'ai déjà prévenu la police et les journalistes, ils seront là d'une minute à l'autre. Et vous, vous allez perdre votre travail! Oui, dit-elle dans son téléphone. Nous avons un problème à l'ancienne fabrique de boutons...

Tout en parlant, elle se dirige vers les maisons voisines.

— Eddy Solier! s'exclame Doc'Mac. Ne me dites pas que vous avez oublié d'organiser la réunion pour informer les habitants?

Eddy baisse les yeux. Il a l'air d'un petit garçon qui vient de se faire attraper par sa mère.

— Eh bien... Nous avons eu beaucoup de travail ces derniers jours : plusieurs chiens perdus, une biche dans un lotissement, douze putois en vadrouille... Du coup, la réunion m'est un peu sortie de l'esprit, admet-il d'une petite voix.

La vétérinaire secoue la tête en soupirant. Eddy a beau être un bon agent, il est beaucoup trop distrait!

— Qu'est-ce qu'on fait maintenant? demande Sophie.

— On continue le travail! répond Eddy. Il faut libérer le reste des chats et en capturer d'autres. Je vous promets d'organiser une réunion dès ce soir.

— Voyons, Eddy, on ne peut pas simplement ignorer Mme Ritz, réplique Doc'Mac. Vous avez vu dans quel état elle était! Il vaudrait mieux ramener les animaux à la clinique et les libérer un autre jour.

Les chats qui sont toujours enfermés se mettent à miauler. Ils doivent sentir qu'ils sont tout près de chez eux.

— Mais il n'en reste plus que quatre! argumente Eddy. Ils ont subi un gros stress en captivité. Ça ne prendra que quelques minutes...

Doc' Mac réfléchit un instant, puis hoche la tête. Eddy saute aussitôt dans sa camionnette et sort deux cages.

— Je parlerai à Mme Ritz, conclut la vétérinaire. Peut-être que les chats ne s'aventureront plus près des maisons si ses enfants arrêtent de les nourrir. Allez, on y va!

Soudain, Eddie lance:

— Docteur Macore! Je crois qu'on va devoir avancer l'horaire de la réunion.

Une foule s'avance vers nous. Ce sont les habitants du quartier, et ils n'ont pas l'air contents du tout.

— Qu'est-ce que vous faites? s'écrie l'un d'eux.

— Débarrassez-nous de ces chats! renchérit un autre, ou je le ferai moi-même!

— Qui va protéger nos enfants? demande une femme avec des trémolos dans la voix.

Eddy ignore les cris et transporte les cages au milieu du terrain vague. Pendant ce temps, Doc' Mac tente de calmer les riverains, sans succès.

Une voiture de police arrive, suivie de la télévision et d'une autre camionnette de la fourrière. Comme dirait ma mère, la situation devient incontrôlable.

— Ça ferait un super téléfilm! remarque Zoé.

Le responsable de la fourrière fait signe à Eddy de revenir immédiatement. Je n'entends pas ce qu'il lui dit, mais ça n'annonce rien de bon. La foule hurle de plus en plus fort.

— Vous n'avez pas lu l'article sur la pauvre fille qui a attrapé la rage? vocifère quelqu'un. Ça aurait pu arriver à nos enfants. Il est de notre devoir de les protéger!

En entendant ça, je glisse ma main derrière le dos pour cacher mon bandage. Pas question qu'ils m'utilisent comme prétexte pour tuer les chats!

— Elle n'a pas la rage. Elle a subi un traitement préventif, explique Doc' Mac d'une voix ferme. Je comprends votre inquiétude, cependant tous les animaux que nous relâchons ont été vaccinés, ils ne peuvent plus transmettre de maladies.

— On ferait mieux de rentrer à la clinique, dis-je à voix basse. Je ne veux pas que les gens me reconnaissent.

— Et rater ça? s'exclame Isabelle. Jamais de la vie!

— Ne t'inquiète pas, me rassure Sophie. Personne ne sait qui tu es.

Plus loin, Eddy commence à remballer ses pièges sous le regard autoritaire de son supérieur.

— Psst! Clara, par ici!

Je me retourne: personne à l'horizon. Mince alors, voilà que j'entends des voix!

— Clara!

Ce n'est quand même pas ce buisson, là-bas, qui m'appelle...

C'est alors que les branches s'écartent et les visages des enfants de Mme Ritz apparaissent.

— Par ici! Dépêche-toi!

Je regarde autour de moi: les adultes sont occupés à se crier dessus, et mes amis les écoutent avec attention. Je rejoins Sébastien et Cathy le plus discrètement possible.

— Qu'est-ce que vous faites là?

— On a besoin de ton aide, chuchote Sébastien. C'est Mitaine... Elle va avoir ses petits.

— C'est super!

Je plaque aussitôt la main sur ma bouche: j'ai parlé trop fort, on aurait pu m'entendre!

— Quel est le problème?

— Ça a commencé hier, répond Sébastien. Ça prend trop de temps, ce n'est pas normal. Tu peux venir voir?

Je me retourne vers Doc'Mac: elle parle avec un officier de police. Ce n'est pas le moment de l'interrompre. En plus, ça attirerait l'attention des voisins qui se bousculent devant la caméra des journalistes.

— Très bien. Montrez-moi où elle est, je verrai ce que je peux faire, mais, après, vous rentrez chez vous !

— Promis, fait Sébastien. Suis-moi...

Nous traversons les rails pour rejoindre l'autre côté du Domaine des Chats.

— Elle est là-dessous, dit le garçon en me montrant le vieux wagon.

Je m'agenouille et découvre Mitaine, allongée derrière une roue. Elle n'arrête pas de miauler... Un premier chaton est né, mais il est mort.

— Ne t'approche pas, Cathy.

Je ne veux surtout pas qu'elle voie ça.

Mitaine continue à pousser pour faire sortir les autres chatons, mais elle n'y arrive pas. Il lui faut un vétérinaire.

— Bon, écoutez-moi ! dis-je. Vous allez filer chez vous pour ne pas avoir d'ennuis. Pendant ce temps, je vais demander au docteur Macore de venir chercher Mitaine.

— Tu ne peux pas la transporter toi-même ? demande Sébastien.

Cathy me tapote dans le dos, mais je ne fais pas

attention à elle. Je suis bien trop inquiète pour Mitaine.

— Non, j'ai peur de lui faire mal. En plus, je n'ai jamais assisté à un accouchement !

Cathy insiste et tape plus fort.

— Clara..., balbutie-t-elle.

Je me retourne et pousse un cri.

— Attention !

Un renard s'avance vers nous, l'air menaçant. Ses dents sont à nu, et sa bouche est remplie de bave ! Mon cœur se met à cogner très fort. Le renard est un animal nocturne, il sort rarement le jour, à moins... À moins qu'il ait la rage !

Chapitre treize

— **M**aman! hurle Cathy.

Les voisins cessent de se disputer et nous regardent depuis l'autre côté de la voie ferrée.

— Restez derrière moi! dis-je aux enfants.

Mme Ritz se met à courir vers nous, mais deux hommes la retiennent.

— Que personne ne bouge, ordonne l'officier de police en avançant doucement vers les rails. Je tirerai sur le renard dès que je pourrai.

En attendant, l'animal se rapproche. Ses yeux, jaunes et fous, ne quittent pas les miens. C'est terrifiant! La maladie a atteint son cerveau: il n'a plus peur de rien. Il va nous attaquer!

— Il faut qu'on s'en aille! lâche Sébastien.

— Surtout pas! Si tu cours, le renard te rattrapera.

— Mais on ne peut pas rester ici!

— J'ai peur..., pleurniche Cathy.

Au loin, la sirène d'un train retentit. Dans quelques instants, il bloquera notre seule issue! Je dois absolument trouver une solution, et vite.

— Pas de panique, tout ira bien, dis-je d'une voix assurée.

En réalité, je suis terrorisée. Je passe la main derrière mon dos et ouvre la porte du wagon. À tâtons, j'explore l'intérieur à la recherche d'un objet – n'importe quoi! – pour nous défendre. Mes doigts tombent sur des sortes de petits cailloux. Du gravier? Non, des croquettes pour chats. Si je les lance sur le renard, j'arriverai peut-être à le distraire assez longtemps pour que nous puissions nous enfuir...

Sous le wagon, Mitaine pousse des miaulements de douleur. Le renard l'aperçoit et fait un pas de plus vers nous.

À cet instant, le train passe en faisant trembler tout le terrain vague. Le bruit métallique résonne dans ma poitrine. Les adultes ne peuvent plus venir nous aider maintenant. Nous sommes pris au piège!

Sans réfléchir, je jette les croquettes que j'ai dans

la main. Raté! Elles atterrissent derrière le renard. C'est alors que trois chats errants sortent des buissons et se précipitent vers la nourriture. Ils croient que je leur donne à manger! Il y a un chat gris, un chat noir et blanc et…

— Socrate! Où étais-tu passé?

Mais Socrate n'a pas le temps de discuter. Tous les trois sont en position d'attaque, prêts à défendre leur territoire et leur repas contre le renard. Ils crachent et arquent le dos pour l'effrayer. Quand le dernier wagon du train s'éloigne, ils sautent sur leur adversaire.

Le combat est terrible. Les poils volent partout. J'en profite pour prendre Cathy et Sébastien par la main et courir de l'autre côté de la voie ferrée.

— Ne tirez pas! dis-je au policier. Le chat roux est à nous!

Soudain, les animaux se séparent, et Socrate court se réfugier dans les fourrés. Le renard se retrouve tout seul, à donner des coups de mâchoire dans l'air. Sans un mot, le policier s'avance, lève son revolver et vise. Je prends Cathy et Sébastien dans mes bras, pour qu'ils ne soient pas témoins de la mise à mort, et serre les paupières… Deux coups de feu retentissent.

«Pourvu que Socrate ne soit pas blessé!»

— Tout va bien, annonce le policier. Le renard est mort.

J'ouvre les yeux et vois Doc'Mac se frayer un chemin dans le fourré. Mes amis la suivent de près.

Cette fois, on ne laissera pas Socrate s'échapper!

Chapitre quatorze

· · · · · · · · · · · · ·

Dix minutes plus tard, nous retrouvons Socrate derrière le wagon rouge. Il saigne abondamment, et il est presque inconscient. Je l'enveloppe dans une couverture et le porte à la camionnette. Mitaine ne va pas beaucoup mieux. Doc'Mac dit qu'elle a besoin d'une césarienne de toute urgence.

Dès que nous arrivons à la clinique, les deux patients sont installés dans la salle d'opération. Le docteur Gabriel est là, prêt à se mettre au travail. Je ne le lâche pas d'une semelle. J'ai déjà assisté à pas mal de consultations, mais jamais à une intervention chirurgicale.

— Mets une blouse si tu veux rester, me

dit Doc' Mac, mais je te préviens, ils peuvent mourir...

Je prends une grande inspiration et hoche la tête :

— Je sais. Je tiens à vous aider...

Je me lave les mains et enfile un gant par-dessus mon bandage. En temps normal, je serais tout excitée de porter la panoplie complète du chirurgien : bonnet, blouse, masque... Mais, là, je suis trop inquiète pour m'en réjouir. Les vêtements du docteur Gabriel sont déjà tachés du sang de Socrate, et le pouls de Mitaine s'accélère dangereusement.

— Qu'est-ce que je peux faire ?

Concentré, Gabriel ne me répond pas.

— Par ici, Clara ! m'appelle Doc' Mac.

Elle vient de raser le ventre de Mitaine et le nettoie avec une éponge imbibée de savon.

— Déchire ce sachet et passe-moi le tube qui est à l'intérieur.

Je m'exécute. La vétérinaire ouvre la bouche de Mitaine et insère le tube dans sa gorge. La chatte, toute molle à cause du sédatif, se laisse faire.

— On appelle ça une intubation trachéale, m'explique Doc' Mac. Le tube est introduit dans la trachée pour permettre un accès direct aux poumons. Rapproche le dispositif d'anesthésie.

Cette machine ressemble à un gros four à micro-ondes sur roulettes, sauf qu'il y a beaucoup plus de boutons. Doc' Mac y branche le tube, et Mitaine s'endort aussitôt.

— Draps stériles! lance la vétérinaire.

J'en attrape un paquet dans le placard et les sors du plastique. Doc' Mac en recouvre Mitaine: on ne voit que le ventre rasé de la chatte.

Pour terminer, elle attache une petite pince sur la patte arrière de la chatte et la relie à une autre machine. Celle-ci est très importante: elle permet de contrôler les signes vitaux du patient.

— Tu vois cette courbe? me demande Doc' Mac. Elle indique le rythme cardiaque de Mitaine. Son pouls est assez régulier, on peut commencer l'intervention.

Elle prend son scalpel.

— Clara, j'ai besoin de toi! m'appelle le docteur Gabriel.

Je me précipite vers la seconde table d'opération. Gabriel a l'air très inquiet: Socrate continue à saigner! En partant du Domaine des Chats, on a appelé la banque du sang pour qu'on nous en apporte plusieurs poches mais leur coursier n'est toujours pas arrivé.

— Je crois qu'il fait une hémorragie interne,

déclare Gabriel. Appelle la banque du sang, et demande où ils en sont.

Il jette les compresses de gaze imbibées de sang, et les remplace par des nouvelles. Socrate est de plus en plus faible... Je me rue sur le téléphone.

— Ils seront là dans cinq minutes ! dis-je en raccrochant. Il va s'en sortir ?

Gabriel évite mon regard. Je ne l'ai jamais vu aussi tendu et aussi sérieux.

— Je vais tout faire pour le sauver. Prépare d'autres compresses, et une poche à perfusion, au cas où.

Une minute plus tard, je dépose le tout sur une petite table à côté de lui.

Socrate a beaucoup changé depuis sa fugue : il a maigri, et son corps est couvert de griffures et de morsures. Il est devenu un vrai chat des rues. Je le caresse du bout des doigts : je suis tellement fière de lui ! Il a fait preuve d'un courage incroyable en tenant tête au renard, et il nous a sauvé la vie...

— Ça ira pour le moment, Clara, me dit Gabriel d'une voix douce. Merci pour ton aide.

Je m'approche de Doc' Mac.

— Comment va Mitaine ?

— Sa respiration s'est stabilisée, répond-elle. Il

était moins une : un des chatons bloquait le passage.

— Elle aurait pu mourir ?

— Oui, mais le danger est passé. Et voilà son premier enfant ! ajoute-t-elle en sortant une petite boule noire du ventre de Mitaine.

— Waouh ! C'est rapide...

— Et le deuxième.

Doc'Mac coupe le cordon ombilical et pose le chaton à côté de son frère.

— Prends une serviette, Clara, et nettoie-les.

— Heu... vous êtes sûre ?

— D'habitude, la mère lèche ses petits à la naissance pour qu'ils soient tout propres. Comme Mitaine est inconsciente, on va devoir la remplacer.

Tout doucement, j'essuie les chatons mouillés avec le coin de la serviette. À cet instant, l'un d'eux s'étire et ouvre en grand la bouche.

— Oh ! Regardez !

— Ils sont mignons, hein ? Et voici le troisième, le quatrième et... le cinquième ! dit Doc'Mac en soulevant le dernier petit. Nous avons là une bien jolie famille !

Je jette un coup d'œil vers Socrate : il est toujours inconscient.

Ma gorge se serre. «Tiens bon, Socrate! Si les chatons ont survécu, tu peux le faire toi aussi!»

À cet instant, on sonne à la porte.

— Le sang est arrivé! s'écrie Doc'Mac. Vite, Clara, va le chercher!

Chapitre quinze

* * * * * * * * * * * * *

Je me précipite dans l'entrée pour récupérer le colis. Le coursier a l'air surpris de voir une fille de onze ans porter une tenue de chirurgien.

— Je vais signer pour ma grand-mère, dit Zoé en prenant le reçu.

Mes amis arrivent au même moment.

— Comment ça se passe ? demande Isabelle.

— Socrate va bien ? veut savoir Sophie.

Je suis sûre qu'ils voudraient tous être à ma place. Seulement, c'est moi qui ai été choisie…

— On le saura bientôt.

Pas le temps de discuter ! Je dois apporter ce sang à Gabriel le plus vite possible.

Le docteur Gabriel a déjà introduit le cathéter

dans la patte de Socrate. Il ne reste plus qu'à le relier à la poche de sang avec un tube.

— Comment sait-on quel sang utiliser? Il y a plusieurs groupes sanguins, non?

— La plupart des chats sont du groupe A, m'explique Gabriel. Si Socrate était un persan ou un rex de Cornouailles, il aurait le groupe B ou AB.

Il vérifie le débit de sang.

— Parfait! Hélène, je vais avoir besoin de vous!

— J'arrive tout de suite.

Mitaine n'est plus sous anesthésie maintenant. Doc' Mac l'a recousue, mais son rythme cardiaque est toujours sous contrôle.

— Clara, je veux que tu gardes un œil sur elle et les chatons, me dit la vétérinaire. Si quelque chose te semble anormal, n'hésite pas à nous prévenir.

Elle retire ses gants et en enfile une autre paire, toute propre, pour s'occuper de Socrate. Avec les deux meilleurs vétérinaires du monde à ses côtés, je suis sûre qu'il va s'en sortir!

Soudain, la porte s'ouvre et ma mère déboule dans la pièce. Doc' Mac et Gabriel relèvent la tête, étonnés.

— Où est ma fille? demande ma mère. J'ai entendu dire qu'elle s'était fait attaquer par un renard enragé!

— Je vais la laisser vous expliquer, répond Doc'Mac en reportant son attention sur Socrate.

— Chut... Maman, fais moins de bruit! Ils sont en train d'opérer Socrate. C'est lui qui a été attaqué, pas moi.

Ma mère me prend dans ses bras.

— C'est vrai que tu as sauvé deux enfants? chuchote-t-elle.

— Je n'avais pas le choix. Le renard nous bloquait la route. Heureusement, trois chats errants sont venus à notre secours, et j'ai pu conduire Sébastien et Cathy en lieu sûr. Je te promets que je vais bien.

Elle me serre si fort que je ne peux plus respirer.

— Ma chérie. Qu'est-ce que je vais faire de toi? murmure-t-elle.

Je me dégage gentiment pour regarder le moniteur de Mitaine. Le pouls est toujours régulier.

— Tu veux voir ses bébés?

Les chatons miaulent tout bas en se frottant contre leur mère.

— Ils sont si petits! dit ma mère, l'air attendri.

Mitaine vient de se réveiller, mais elle est encore très faible. Doc'Mac nous rejoint en souriant.

— Socrate est hors de danger, annonce-t-elle. D'ici quelques semaines, il redeviendra comme avant. Le connaissant, je peux même affirmer qu'il sera fier de ses cicatrices! Comment vont nos petits patients?

— Ils sont adorables! s'exclame ma mère. Mais, Clara, qu'est-ce qu'il t'arrive?

Mon menton se met à trembler: c'est le contre-coup des émotions de la journée. Maintenant que tout le monde est sain et sauf, je ne peux pas m'em-pêcher de pleurer.

• • • • • • • • • • • • •

Chapitre seize

Une semaine plus tard, la quarantaine de Tigre
est terminée. Il n'a pas développé les symp-
tômes de la rage. Ça veut dire que lui va vivre, et
moi, je n'aurai plus de piqûres !

Eddy et Doc' Mac sont parvenus à un compromis
avec Mme Ritz et ses voisins : la moitié de la colonie
restera au Domaine des Chats, et les autres chats
seront libérés dans la forêt, près de chez les Rémy.
Une fois qu'ils ont compris que le programme les
protégerait de la rage, les habitants du quartier ont
été plutôt compréhensifs, d'autant qu'Eddy leur a
promis de capturer tous les animaux à risque.

La vie reprend peu à peu son cours à la clinique.
Installés autour de la table de la cuisine, nous

préparons les lettres de rappel pour les vaccinations. Socrate ronronne sur mes genoux. Dommage qu'il ne puisse pas me raconter ses aventures dans la rue... Tant pis ; ce qui compte, c'est qu'il soit là et en bonne santé. D'ailleurs, il est redevenu aussi lourd qu'avant.

— Mon petit doigt m'a dit que vous aviez encore une invitation à dîner ce soir ! lance Doc' Mac en entrant dans la pièce.

— Oui, nous allons chez Clara, répond David.

— C'est super, j'adore la nourriture indienne ! s'exclame Zoé.

— Je ne connais pas les plats indiens, fait Isabelle. Comment c'est, Clara ?

— Très bon, et assez épicé ! Mais ne t'inquiète pas, ma mère a prévu aussi des lasagnes, au cas où !

Après sa visite à la clinique, ma mère s'est transformée ! Elle s'intéresse de plus en plus à mes histoires d'animaux, et c'est elle qui a tenu à inviter mes amis. Le plus surprenant, c'est qu'elle leur a préparé un repas traditionnel, comme elle le fait pour les grandes occasions.

— J'espère que je ne suis pas trop en avance, lance-t-elle en poussant la porte de la cuisine.

— Non, on a presque fini. Je veux juste aller voir Mitaine et ses petits.

— Attends, je viens avec toi.

Ça alors! C'est bien ma mère qui a dit ça?

La chatte, allongée dans un panier avec ses cha-tons, se repose tranquillement. Quand elle nous aperçoit, elle se met à ronronner comme une reine saluant ses visiteurs. Les petits commencent à peine à ouvrir les yeux. Deux sont noir et blanc, et les trois autres tout noirs.

Soudain, la chatte tend le cou et renifle douce-ment la main de ma mère. Après quelques secondes d'hésitation, ma mère tend le bras et laisse Mitaine se frotter contre ses doigts.

— Voilà un chat qui ne me fait pas peur, dit-elle avec un petit sourire.

— Ils ne sont pas méchants, tu sais. C'est ma faute si Tigre m'a mordue. Les chats apprivoisés font les meilleurs compagnons du monde. Il faut simplement les comprendre, et les respecter.

— Tiens, vous dites bonjour à notre petite famille! s'exclame Doc'Mac en entrant dans la salle de repos. Dès demain, je vais contacter mes clients pour savoir s'ils veulent bien s'occuper des chatons, le temps qu'on leur trouve une maison. Ça les aidera à se socialiser.

— Ne cherchez pas plus loin, Hélène, répond ma mère. Nous les prenons chez nous.

— C'est vrai?

Je n'arrive pas à y croire...

— Ce sera temporaire, Clara, précise ma mère. On va devenir leur famille d'accueil en attendant qu'ils soient adoptés. J'ai lu un essai très convaincant sur les chats l'autre jour... ajoute-t-elle avec un clin d'œil. Et puis, le docteur Macore a bien dit qu'ils avaient besoin de contact avec des humains : entre toi et les jumeaux, ils n'en manqueront pas. Peut-être même que je vous aiderai de temps en temps...

Je suis tellement surprise que je ne sais plus quoi dire. Alors, au lieu de parler, je me jette dans les bras de ma mère.

Mitaine se lance aussitôt dans un concert de miaulements.

— Tu ferais bien de voir ce qu'elle veut, dit ma mère.

— Elle ne veut rien du tout. Elle est juste heureuse. Comme moi !

Langue de chat

Par le docteur Hélène Macore

Tu as sûrement entendu dire que les chats étaient hautains, et qu'ils ne montraient pas leurs sentiments. C'est faux. Ce n'est pas parce qu'ils n'obéissent pas à nos ordres, comme les chiens, qu'ils ne communiquent pas avec nous. Il suffit de savoir déchiffrer leur langage... Voici quelques pistes pour y arriver.

Décrypte le langage de ton chat

Il ronronne. Le ronronnement est un son mystérieux, qui signifie le plus souvent que le chat est content. Par exemple : une mère ronronne quand elle allaite ses petits. C'est aussi un moyen pour deux chats de se dire bonjour, tout en se frottant l'un contre l'autre. Si ton chat ronronne sur tes genoux, c'est qu'il se sent à l'aise et en sécurité.

Il pétrit avec ses pattes avant. C'est un autre signe d'affection, souvent accompagné du ronronnement. Un chaton pétrit les mamelles de sa mère pour accélérer le flux du lait. Ton chat peut aussi pétrir tes genoux lorsqu'il est dessus : cet endroit chaud et rassurant lui rappelle l'époque où il était petit. Il te considère alors comme sa mère. C'est plutôt flatteur, non ?

Il miaule pour te dire bonjour quand tu arrives. Tous les chats ne sont pas bavards, mais la plupart accueillent leur maître par un « miaou ! » bien sonore. Cela peut signifier : « J'ai faim ! » ou « Tu m'as manqué ! » Mais ça veut surtout dire que tu fais partie de sa famille, et qu'il est content de te voir.

Il remue ses oreilles. Quand ton chat a peur, ou se sent menacé, il aplatit ses oreilles. Ça lui permet de les protéger en cas d'une éventuelle attaque. En revanche, quand il se sent bien, il les dresse vers l'avant et les tourne d'un côté et de l'autre pour entendre tout ce qu'il se passe autour de lui.

Il se frotte. Les chats ont autour du menton, de la bouche et sur le front des glandes qui sécrètent une substance spéciale. Quand ton chat se frotte contre toi avec sa tête, ça veut dire qu'il te marque comme faisant partie de son territoire, et prévient ainsi les autres chats que tu lui appartiens.

Il te lèche. Certains chats lèchent la main de leurs maîtres quand ceux-là les caressent. C'est un signe d'intimité : ils «toilettent» leurs maîtres, comme ils toilettent leur chaton ou tout autre animal dont ils sont proches.

Il bâille. Le bâillement est un signe de bien-être. Si ton chat bâille quand tu entres dans la pièce, c'est comme s'il te disait : «Tiens, te voilà ! C'est bon de te voir...»

Il dort avec toi. Les chats ne dorment pas n'importe où. Ils choisissent un endroit bien au chaud, où ils se sentent tout à fait en sécurité. Ton chat dort avec toi ? Alors, il te fait vraiment confiance : il sait que tu ne lui feras pas mal au milieu de la nuit, et que tu ne le réveilleras pas en sursaut.

Il te laisse le caresser. Les chats ne se laissent pas caresser par tout le monde. S'ils ne se sentent pas à l'aise avec quelqu'un, ils n'hésitent pas à s'en aller ou à se débattre. Si ton chat se laisse faire, c'est qu'il t'apprécie au point de t'accorder ses faveurs.

Retrouve vite un extrait de :

LES PETITS
VÉTÉRINAIRES

UNE SECONDE
CHANCE

Chapitre un

· · · · · · · · · · · · ·

— **C**'est ce que j'appelle une salle d'attente toute propre! dis-je en posant mon balai contre le mur de la clinique. On peut y aller maintenant?

Isabelle Rémy se tourne vers moi d'un air exaspéré :

— Tu sais bien que non, David! On doit attendre le coup de fil de M. Zimmer. Continue à balayer, il y a encore plein de poils de chien!

— Tu plaisantes! J'ai fait ça comme un pro!

— Mais bien sûr... murmure Isabelle en levant les yeux au ciel.

C'est le jour du ménage à la clinique du docteur Hélène Macore. Comme vous l'avez compris, je suis de corvée de balayage, pendant qu'Isabelle lave les carreaux.

J'ai toujours su que je finirais par travailler ici. Évidemment, j'ai toutes les qualités nécessaires : j'habite juste en face, je suis doué avec les animaux et les gens m'adorent ! Que demander de plus ?

Au début, Doc'Mac n'était pas trop d'accord pour que je vienne. Elle avait déjà sa petite-fille, Sophie, pour l'aider. Mais, il y a quelques mois, plusieurs chiots sont tombés malades en même temps, et elles ne pouvaient plus les soigner toutes seules. C'est ainsi qu'Isabelle, Clara, Zoé et moi sommes devenus bénévoles. Depuis, nous passons chaque soir après l'école pour accomplir toutes sortes de tâches. C'est vraiment génial ! Sauf quand on doit faire le ménage...

Je déteste ça ! En plus, je parie que c'est mauvais pour la santé.

Allez, plus que quelques minutes et le calvaire sera fini. Aujourd'hui n'est en effet pas un jour comme les autres...

— Je ne vois pas pourquoi tu es aussi impatient, déclare Isabelle. On va juste à l'écurie de M. Zimmer pour s'occuper de quelques chevaux. Ça n'a rien d'extraordinaire.

— Rien d'extraordinaire ?

Je n'arrive pas à croire qu'elle ait dit ça !

— On va se retrouver avec des chevaux et peut-être même les monter !

À cet instant, mon balai tombe par terre avec un gros «bang» et Clara relève la tête. Elle est assise derrière le bureau de la secrétaire et entre les adresses des clients dans l'ordinateur. Clara est la plus discrète d'entre nous, et de loin la plus intelligente.

— Isabelle te taquine, me dit-elle en souriant. Je suis sûre qu'elle est aussi impatiente que toi !

— Pas du tout ! répond Isabelle. Je suis déjà montée à cheval et j'ai trouvé ça ennuyeux à mourir !

Isabelle est une fille simple qui ne fait pas de chichis : elle porte un vieux jean, des grosses bottes et préfère sauver les baleines que faire du shopping ! Vous voyez le genre. C'est la seule qui n'ait pas sauté de joie en apprenant qu'on allait travailler à l'écurie pendant quelques semaines.

— Tu as dû tomber sur un vieux canasson ! Il te faut une bonne monture : M. Zimmer en a plein, tu verras. Mais ne touche pas au pur-sang qu'il vient d'acheter, il est à moi !

— Pff… Tu crois peut-être qu'il te laissera monter un cheval aussi rapide et aussi cher après ce que tu as fait ? réplique Isabelle.

— Qu'est-ce qu'il a fait ? demande Clara.

— Tu n'es pas au courant ? C'était dans tous les journaux l'année dernière, explique Isabelle. David est parti en balade avec d'autres cavaliers du centre équestre, et il a quitté le groupe sans rien dire ! Il s'est perdu et il a fallu la moitié des policiers de la ville pour le retrouver.

Forcément, raconté de cette façon, j'ai l'air d'un idiot. La vérité est un peu plus compliquée que ça. C'était bien l'année dernière. La pire année de toute ma vie. Quand mon père est parti...

C'est lui qui m'a appris à monter à cheval, avant même que je sache marcher. On faisait souvent de longues balades tous les deux. C'était notre truc à nous.

M. Zimmer et lui se connaissent bien : ils étaient au lycée ensemble. Après son départ, j'ai continué à aller au centre équestre. Jusqu'à ce fameux jour.

Ma mère m'avait inscrit à une promenade à cheval, pour me remonter le moral. Tout se passait à merveille, jusqu'à ce que je me mette à rêvasser : je pensais à papa, et à toutes les promesses qu'il n'avait pas tenues...

Quelques minutes plus tard, j'étais seul !

J'ai voulu rejoindre les autres, mais à force de faire de petits détours, je me suis perdu pour de bon. La poisse...

Quand M. Zimmer est arrivé, prévenu par la police, il n'a pas voulu écouter ma version des choses. Il était bien trop occupé à me crier dessus ! « Tu aurais dû faire attention!» «Tu es irresponsable!» et bla bla bla... Résultat : fini l'équitation pour David Brack!

Du moins, jusqu'à aujourd'hui.

Je ne sais pas ce que le docteur Mac lui a dit, mais M. Zimmer a accepté de me donner une seconde chance. C'est l'occasion ou jamais de lui prouver que je suis capable d'être sérieux. Si je travaille dur, il me permettra sans doute de monter un de ses chevaux. Ce serait le rêve!

— Si tu ne nettoies pas correctement cette pièce, la seule chose que tu chevaucheras, c'est ton balai! lance Isabelle.

— Super, ta blague! Elle est si drôle que j'ai oublié de rigoler.

Je pousse, mine de rien, quelques boules de poils derrière la plante en pot. Personne ne les remarquera!

— Je peux sortir maintenant? murmure une petite voix.

Zoé passe la tête par la porte de la cuisine, qui relie la maison de Doc' Mac à sa clinique.

— Le rat est parti? demande-t-elle.

— Ce n'est pas un rat, c'est un furet, précise Clara.

— Peut-être, mais ils ont les mêmes yeux perçants et je déteste ça!

Zoé, la cousine de Sophie, est un peu chochotte, mais c'est une fille sympa. Elle est venue habiter chez Doc'Mac, le temps que sa mère s'installe à Hollywood. Ses parents sont divorcés, et elle ne voit jamais son père. On a déjà ça en commun. Elle a grandi aux États-Unis – pardon, à New York! Alors, passer de The Big Apple à une clinique vétérinaire, ça n'a pas été facile.

— David, ta mère a téléphoné quatre fois déjà, me dit-elle. Tu devrais la rappeler.

— Oh, elle doit vouloir que je sorte les poubelles! Je me demande ce qu'elle ferait sans moi...

À cet instant, Sophie arrive, le furet dans les bras.

— Oh non! Pas le rat! s'écrie Zoé en se sauvant à toutes jambes.

Sophie est suivie de Doc'Mac et d'un garçon plus âgé que nous, qui s'appelle Éric.

— Comment va Canaille?

C'est le nom du furet.

— Il va s'en sortir, répond Doc'Mac. Pas de fracture ni d'hémorragie interne. Je crois qu'il a eu très peur. Il faut dire qu'il est tombé de haut!

— Cette vieille Canaille a plus de chance que de jugeote! plaisante Éric en sortant son chéquier. Qu'est-ce que je vais faire maintenant? Je ne peux pas garder la fenêtre fermée tout le temps.

Doc' Mac lui tend une brochure.

— Tiens, lis ça! Tu y trouveras quelques conseils pour sécuriser votre appartement. Vérifie si vous n'avez pas de trou dans les murs : il pourrait s'y glisser et rester coincé. Ne lui donne jamais de jouets en caoutchouc, il pourrait en avaler un bout et se bloquer les intestins. Mets lui une clochette autour du cou, comme ça vous ne risquerez pas de lui marcher dessus.

— Ça fait beaucoup de précautions! s'exclame Éric.

— Ça en vaut la peine! répond le docteur avec un sourire.

Elle prend le chèque du jeune homme et le raccompagne à la porte.

— Il est presque quatre heures, dit-elle en revenant vers nous. Je me demande ce que fait Lucas. Je sais qu'il est allé chercher un nouveau cheval, mais ça ne devrait pas lui prendre si longtemps.

— Peut-être qu'il tourne en rond dans son écurie en se demandant ce que NOUS faisons.

— Ça m'étonnerait, déclare Sophie. Ce n'est pas son genre d'attendre sans rien faire. Et puis, il a promis de nous appeller, non?

— On va patienter encore un peu, décide Doc' Mac. Au fait, tu dois être tout excité, David!

— Oh pitié, ne le lancez pas là-dessus ! s'exclame Isabelle.

— Excité ? Je suis prêt à exploser, vous voulez dire ! Merci beaucoup d'avoir parlé à M. Zimmer.

— Je n'ai pas eu besoin de plaider ta cause très longtemps. Il m'a assuré que tu étais un des meilleurs cavaliers qu'il connaissait. Il paraît que tu sais monter à cru.

— Un peu, dis-je en rougissant. M. Zimmer m'a aussi appris le saut d'obstacles avant... ma petite escapade.

— C'est du passé, tout ça ! Si tu es sérieux et responsable, je suis sûre qu'il sera content de t'accueillir de nouveau.

À cet instant, un bruit de moteur se fait entendre. Isabelle regarde par la fenêtre :

— Dites, est-ce que M. Zimmer a une camionnette bleue toute cabossée ?

— Il a bien une camionnette bleue, mais elle est en bon état. Pourquoi ?

— Celle qui vient de se garer dans le parking n'est pas belle à voir, et elle a une remorque à chevaux.

Je me précipite à l'extérieur.

— C'est bien la sienne ! Il a dû avoir un accident !

La camionnette est drôlement amochée ! Le côté gauche est embouti ; la petite fenêtre de la remorque a volé en éclats. À l'intérieur, le cheval hennit comme s'il était effrayé ou avait mal. Sans doute les deux. Il tape contre les cloisons, et le van vacille dangereusement.

— Docteur Macore ! Venez vite ! s'écrie M. Zimmer.

[…]

Remerciements

Un grand merci à Kimberley Michels et Judith Tamas, docteurs en médecine vétérinaire, pour leurs précisions sur la pratique et les procédures du métier de vétérinaire.

Dans la même collection

Cet ouvrage a été composé par
PCA - 44400 REZE

Imprimé en Espagne par:
BLACK PRINT

S19788/13

Pocket Jeunesse, une marque d'Univers Poche,
est un éditeur qui s'engage pour
la préservation de son environnement
et qui utilise du papier fabriqué à partir
de bois provenant de forêts gérées
de manière responsable.